L'OBSESSION DE L'ALPHA

RENEE ROSE

LEE SAVINO

Traduction par
MARINA HAVEN

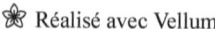 Réalisé avec Vellum

LIVRE GRATUIT DE RENEE ROSE

Abonnez-vous à la newsletter de Renee

Abonnez-vous à la newsletter de Renee pour recevoir livre gratuit, des scènes bonus gratuites et pour être averti·e de ses nouvelles parutions !

https://BookHip.com/QQAPBW

CHAPITRE UN

L ayne

JE REGARDE FIXEMENT les données sur l'ordinateur. Elles font
de même. C'est un combat de regards inutile que l'ordinateur
remporte.

Je secoue la tête et fais rouler ma chaise à travers le labo
jusqu'à mon microscope. Non, rien n'a changé là non plus.

« Ça ne peut pas être possible », dis-je à voix basse en me
frottant les yeux. Depuis que j'ai commencé ce travail, je
passe mon temps à regarder à travers un microscope ou à
fixer un écran toute la journée, et ce sept jours par semaine.
Je commence peut-être à avoir des hallucinations.

« Quelque chose ne va pas ? »

Je pousse un petit cri et me retourne en posant la main sur
ma poitrine. « Docteur Smyth, vous m'avez fait peur. »

L'homme sur le pas de la porte incline sa tête blonde mais
ne s'excuse pas.

« Non, pas de problème. Je parlais juste toute seule. Ça m'arrive de temps en temps, euh... » Je m'éclaircis la gorge. « J'ai terminé les tests préliminaires sur les cellules apportées par l'équipe Alpha. Les résultats sont spectaculaires, c'est peu dire. »

Mon patron entre dans le labo comme s'il était chez lui, même s'il n'y a pas mis les pieds depuis qu'il m'a engagée. Il porte un costume sombre au lieu d'une blouse blanche. Malgré ses chaussures noires vernies, il ne fait pas un bruit en se déplaçant. Parfois, je le surprends en train de me regarder fixement sans ciller, comme un alligator ou un autre prédateur en chasse.

Ma mère m'a toujours dit que j'avais une imagination débordante.

Je pose les mains sur le dossier de ma chaise de bureau, contente d'avoir quelque chose entre lui et moi. « Je dois vous demander... d'où proviennent ces cellules ?

— Si je vous le disais, je devrais vous tuer. » Son sourire me glace le sang. La grimace forcée met surtout en valeur ses canines proéminentes.

« Ah, oui, bien sûr. » J'éclate d'un rire mal assuré pour lui montrer que je sais que c'est une plaisanterie.

« Vous saurez tout en temps voulu, mademoiselle Layne. Pour le moment, DataX effectue des doubles tests à l'aveugle dans tous les nouveaux projets pour éviter d'obtenir des écarts dans les résultats.

— Bien sûr. C'est juste, les données... c'est extraordinaire. » Je m'approche de mon bureau pour lui montrer. « Tout était normal jusqu'à ce que je les soumette à...

— Un instant », m'interrompt mon patron avant de faire signe à quelqu'un dans le couloir. Un homme d'âge mûr, très fin avec un visage marqué, entre. « Don Santiago, j'aimerais vous présenter notre dernière recrue, mademoiselle Layne Zhao. »

En fait, c'est docteur Zhao. J'ai travaillé dur pour obtenir ce doctorat. Un jour, j'aurai le cran de corriger ce type désagréable au sourire de crocodile.

Le nouveau venu me regarde lentement de la tête aux pieds. Soit il me juge à cause de mon apparence négligée, soit il admire mes seins sous ma blouse. Pour lui accorder le bénéfice du doute, je décide que c'est la première proposition.

« C'est un plaisir de faire votre connaissance. » Je me redresse, regrettant que mon patron ne m'ait pas prévenue que des invités allaient venir. Je ne sais même plus depuis quand je ne suis pas rentrée prendre une douche chez moi. Au fond, je n'aurais pas vraiment eu le temps de faire grand-chose, mais j'aurais au moins pu mettre une blouse propre et me brosser les cheveux. Je ne me rappelle pas non plus quand j'ai fait ces choses-là pour la dernière fois.

Non que ça empêche don Flippant de me reluquer.

« Tout le plaisir est pour moi », susurre l'homme. Il parle avec un fort accent. Les yeux posés sur l'arrondi de ma poitrine, il dit à Smyth : « Une si belle femme, c'est une honte de la garder enfermée dans un labo. »

Smyth rit doucement, et je serre plus fort le dossier de la chaise. Ce son désagréable me donne envie de grincer des dents.

« Oh, on la laissera sortir à un moment. » Il se tourne vers moi pour ajouter : « Don Santiago visite tous les sites de notre opération. C'est l'un des donateurs principaux pour notre programme. J'aimerais que vous lui parliez de nos découvertes.

— Bien sûr. » J'attends pour continuer, parce que plusieurs hommes vêtus de noir entrent dans le labo. Certains se placent près de la porte tandis que d'autres se déploient à différents endroits dans la pièce. Ils ont tous des fusils automatiques posés contre leurs torses.

« Mes excuses, dit Santiago de sa voix grave et chaleureuse. Mes gardes du corps me suivent partout. La situation est plus dangereuse dans mon pays natal.

— Ah, d'accord. Pas de problème. La sécurité est prise très au sérieux ici aussi », dis-je avec un faible sourire. En vérité, je trouve les systèmes de sécurité de cet endroit débiles. Une autre raison pour laquelle je reste si tard au labo : ne pas avoir à passer par une fouille corporelle chaque fois que je fais une pause ou que je sors déjeuner.

Certains gardes aiment un peu trop me fouiller.

« Une précaution nécessaire, dit Smyth. Nos travaux sont à la pointe des recherches génétiques. Nos concurrents tueraient pour mettre la main sur nos découvertes. »

Je me raidis à nouveau au mot *tueraient*, mais Smyth et Santiago éclatent de rire. Être entourée de six gardes du corps baraqués et armés me met sur les nerfs.

Je toussote. « Comme je le disais, ce sont les cellules extraites du projet Alpha... vous voyez de quoi je parle ? »

Smyth et Santiago acquiescent. Ils en savent probablement plus sur le projet que moi. « Donc, j'effectue des tests sur ces cellules. Et... elles sont extraordinaires. Résistantes à la maladie, extrêmement durables et capables de régénération. »

Je fais une pause et attends leurs réactions de surprise. Rien. Les deux hommes me regardent en silence. Santiago a presque l'air... blasé. Smyth me fait signe de continuer.

« Mais ce sont des cellules humaines normales... du moins, je le pensais. » Je me tourne vers l'ordinateur, où sont affichés les résultats du dernier test effectué. « Aujourd'hui, je les ai exposées à un spectre de lumière faible. Les cellules ont... muté. En autre chose. Quelque chose... qui n'est pas humain. Je n'ai pas réussi à en découvrir beaucoup plus...

— Quelle sorte de spectre lumineux a provoqué la mutation ? »

Je déteste qu'on m'interrompe, et Smyth le fait souvent. Mais c'est le patron, et en m'engageant, il m'a donné accès à un équipement dernier cri pour terminer mes recherches post-doctorales. Quand je publierai mes découvertes, tous les aspects glauques de ce boulot en vaudront la peine. Du moins, c'est ce que je continue à me répéter.

Contente-toi de sourire et d'obtempérer.

« C'est, euh... » Je cherche des termes profanes. « De la lumière composée principalement de rouge et d'orange. Une lumière faible. Elle est censée imiter la lumière de la lune. »

Santiago et Smyth échangent un regard.

« Autre chose ? » demande ce dernier.

Je secoue la tête, même si j'ai envie de souligner à quel point cette découverte est capitale. « Bien, bien. Envoyez-moi directement vos autres découvertes par email. » Sans plus m'accorder aucune attention, Smyth tend le bras pour inviter Santiago à sortir du labo. Je tiens ma langue. Je suis une chercheuse en génétique diplômée des deux meilleures écoles du pays, mais mon patron me traite comme si j'étais une technicienne de laboratoire stupide ou, pire, une belle plante verte.

Si je ne dis rien, c'est parce que si ces cellules Alpha détiennent la clé pour soigner toutes les maladies au monde, alors un peu d'inconfort n'est pas cher payé.

Je pousse un soupir et me remets au travail.

~.~

QUELQUES HEURES PLUS TARD, la lumière tremblote au-dessus de moi. Je cligne des yeux. Le labo est plongé dans le noir pendant une seconde, la seule lumière provenant des ordinateurs. Je me lève, mais les lampes se rallument comme si tout était normal. Mes ordinateurs tournent toujours, mais ils fonctionnent sur des générateurs de secours, justement pour ne perdre aucune donnée en cas de coupure d'électricité.

C'est tout de même étrange.

« Sécurité », dit une voix grave derrière moi. Je m'éloigne vivement du bureau.

Un jeune homme avec des cheveux blonds coiffés en pointes lève ses deux grandes mains. Il porte un jean noir et un T-shirt de la même couleur, qui moule son torse musclé. Il n'est pas spécialement grand, contrairement à certains des gardes, mais tout son corps n'est que muscles secs. « Hé, désolé. Je ne voulais pas t'effrayer.

— Ce n'est pas grave. Hum, vous avez besoin que je m'en aille ? » Je commence à rassembler des documents.

« Non, ça ne prendra pas longtemps. Tu travailles de nuit ? »

Je lui fais un petit sourire. Il est jeune pour être garde, environ mon âge. Ses avant-bras sont tatoués et il a des écarteurs à ses deux lobes d'oreille. Malgré ça, il a l'air amical, et pas d'une manière flippante.

« Non, je suis juste restée tard. J'ai un projet en cours. Tu sais comment c'est.

— Je ferai vite. Je patrouille juste la zone.

— Compris. Ça ne lésine vraiment pas sur la sécurité, par ici. »

Un rire rocailleux. Il me rappelle un peu James Dean. Ou Billy Idol. « Je promets de ne pas être dans tes pattes, ajoute-t-il d'une voix rauque.

— Merci. » Ça lui vaut un plus grand sourire. Mon labo

est mon royaume, mon sanctuaire. Vu le temps que j'y passe, ça devrait être mon adresse officielle.

Je me pince l'arête du nez pour soulager la tension sous mes paupières. Il fait nuit ; ça doit être l'heure de dîner. Je n'ai même pas déjeuné. Je me dirige dans le coin où je garde des barres de céréales et des antidouleurs, et sens les yeux du garde sur ma nuque. Il est séduisant, si l'on a envie de s'y intéresser.

Ce qui n'est habituellement pas mon cas. Mais je ne sais pour quelle raison, mes hormones, qui se sont à peine manifestées depuis que j'ai sauté le lycée pour aller directement à la fac, viennent de se réveiller.

À cause du premier gardien amical dans cet endroit aux allures de prison. Allez comprendre.

Je profite de la pause pour passer aux toilettes, où j'asperge de l'eau sur mon visage. À part les cernes sombres sous mes yeux, je n'ai pas l'air si terrible. Mes longs cheveux noirs et raides sont tirés en une queue de cheval serrée, sans chichis. J'ai des pommettes hautes et des fossettes, comme ma mère, et des yeux en amande hérités de mon père sino-américain.

J'imagine que je suis jolie. Même sous une blouse de laboratoire, on devine clairement mes formes généreuses. Pas aussi généreuses qu'elles le seraient si je mangeais régulièrement, mais un corps de femme se cache sous le coton blanc. Assez attirant pour aguicher les gardiens un peu goujats. Assez pour retenir l'attention de Santiago.

Je fais une grimace à mon reflet dans le miroir. Je me fiche qu'il soit un donateur multimilliardaire (et il doit l'être, pour financer un projet pareil), ce type était effrayant. Je n'ai pas envie qu'il me reluque.

Le jeune gardien... c'est une autre histoire. Une fouille corporelle de sa part ne me dérangerait pas.

Ce genre de pensée sexuelle ne me ressemble vraiment pas. Qu'est-ce qui m'arrive ? Je suis vraiment restée trop isolée du monde ces derniers temps.

Quand je reviens dans le labo, l'ordinateur clignote. Étrange. Tout allait bien il y a une minute, mais l'écran est à présent plein de mouvements. Le jeune garde est penché sur un modem dans le coin de la pièce.

« Qu'est-ce que tu fais ? » Je fronce les sourcils.

Il se redresse, mais ne répond pas.

« Je suis la seule personne censée toucher à ces ordinateurs. »

Il fourre les mains dans ses poches et, sans que je sache trop pourquoi, je pense qu'il le fait pour avoir l'air moins menaçant.

« C'est le docteur Smyth qui t'a envoyé ? »

Le garde séduisant devient parfaitement immobile. Totalement alerte. « Tu connais le docteur Smyth ?

— Bien sûr. C'est lui qui m'a engagée. Il était là un peu plus tôt.

— Ici ? » Il pince la bouche, et ses yeux bleus s'embrasent. « Tu l'as vu ?

— Oui. Il supervise ce projet. » Un bip produit par l'ordinateur me fait tourner la tête. « Qu'est-ce que tu as fait ? » Des chiffres défilent sur l'écran, une sorte de code que je ne reconnais pas. « Ces machines sont réservées à l'analyse des résultats de mes tests. » Je tape sur le clavier, mais rien ne se passe. « Arrête ça ! »

Quand je me retourne, il a une arme braquée sur moi. Un gros pistolet avec un large canon.

« Éloigne-toi de l'ordinateur, dit-il. Je ne te veux pas de mal. »

Je lève les mains en l'air et recule. Son expression

amicale et inoffensive a disparu, remplacée par celle d'un soldat aguerri.

Merde, qui est ce type et qu'est-ce qu'il veut ?

Tout à coup, la sécurité dans le bâtiment ne paraît plus si exagérée. Si j'arrive à atteindre le couloir, je pourrai déclencher une alarme. J'ai dû involontairement jeter un regard dans cette direction, parce qu'il secoue la tête. « N'y pense même pas. »

J'ai l'impression que mon sang se met à bouillir puis se glace dans mes veines. « Qu'est-ce que tu comptes faire ?

— Ce que je dois faire. Rien de plus, rien de moins. Fais ce que je dis et il ne t'arrivera rien. »

Me dit le type en train de me tenir en joue avec un revolver. Je reste immobile en passant mentalement en revue tout ce qui pourrait me servir d'arme dans la pièce. Quelques tubes à essai contenant diverses maladies infectieuses se trouvent dans une chambre froide, mais si je les lui jette dessus, je me mettrai aussi en danger.

Sans cesser de me tenir en joue, l'intrus s'approche de l'ordinateur.

« Encore quelques minutes, et je m'en irai. Ce laboratoire est bourré d'explosifs, par contre. Je te conseille de sortir rapidement.

— Quoi ? Non. Tu bluffes.

— Pas du tout. »

Je m'accroche au dossier d'un fauteuil pour rester debout. « Pourquoi est-ce que tu fais ça ? Ces recherches pourraient sauver des vies.

— C'est ce qu'ils t'ont dit pour te faire travailler ici ? » Il me regarde avec des yeux brûlants. Je me trompais, ils ne sont pas bleus. Ils ont une étrange couleur jaune. Il est peut-être malade. Ou alors il se drogue ? « Ils ont menti.

— Non, c'est la vérité. Je suis bien placée pour le savoir.

J'ai passé la moitié de ma vie à travailler sur ce projet. Et je suis sur le point de faire une découverte capitale. » Je ne peux m'empêcher de me tourner vers l'imprimante pour prendre les dernières feuilles qui en sont sorties. « S'il te plaît, mes recherches seront tellement importantes pour les gens. Les personnes qui n'ont aucun espoir... » Ma voix se brise. Je ne m'épanche pas de la sorte, d'habitude. Il faut croire qu'être en danger de mort fait cet effet.

Il m'observe un moment sans parler. « Qu'est-ce que tu as découvert ?

— Les cellules sur lesquelles je travaille... elles résistent aux maladies. Et pas seulement : elles se régénèrent. J'ai presque fini d'extraire la séquence d'ADN. Quand ce sera fait, je pourrai la dupliquer. »

Une émotion passe fugacement dans son regard, mais je n'arrive pas à l'identifier. « Et après ?

— Après... Je m'en servirai pour aider les gens. Les personnes malades. Les personnes atteintes de maladies inca-pacitantes, sans aucun espoir de guérison. Ces recherches pourraient aider tellement de monde. »

Je me tais quand les lumières se remettent à clignoter. Elles se rallument et restent fixes un instant, comme si elles retenaient leur souffle, puis elles s'éteignent pour de bon, nous plongeant dans le noir. Je ne vois que grâce aux écrans et à la lueur verte produite par le panneau de sortie de secours près de la porte.

Le jeune garde n'a pas bougé. Je comprends soudain que ça fait partie de son plan. Son beau visage éclairé par la lumière faible des écrans des ordinateurs paraît presque las.

« Je suis désolé », dit-il.

Quelque chose en moi craque. Je m'élance vers la porte.

Il me rattrape en une seconde, et ses bras se referment autour de moi par derrière. J'ouvre la bouche pour crier mais il plaque une main sur mes lèvres. Je réalise qu'il ne s'est pas servi de son arme. Pourquoi ?

« Calme-toi. » Il me tire en arrière. Je suis plus petite que lui, et il a une force phénoménale. « Je ne veux pas te faire de mal. Je veux juste en savoir plus sur le docteur Smyth. » Il sent le pin et la terre tiède.

Je suis peut-être restée enfermée ici toute seule trop longtemps, parce que je ne suis pas aussi effrayée que je devrais l'être. Pourtant, je ne peux pas le laisser détruire mes recherches. « Je ne sais rien. Je t'en prie. Je ne travaille ici que depuis quelques mois ! dis-je, ma voix étouffée par ses doigts.

— Mais c'est lui qui t'a engagée ? Et tu l'as vu aujourd'hui ? »

Je hoche la tête. Sa main bouge de haut en bas de concert.

« Il était seul ?

— Il y a avait un vieil homme avec lui, un donateur. Don Santiago. Il avait plein de gardes du corps, une bonne dizaine. Une sorte de milice armée. »

Le jeune homme me tourne face à lui. Il maintient fermement mes deux avant-bras, mais pas au point de me faire mal.

« S'il te plaît...

— Comment tu t'appelles ? »

Je le regarde à travers la pénombre. Ses yeux semblent très vieux au milieu de son visage juvénile. Qui qu'il soit, il n'a pas dû avoir une vie facile.

« Docteur Zhao. Layne. » J'ajoute mon prénom, espérant qu'il me verra ainsi comme une personne plutôt que comme un rat de laboratoire anonyme. J'humecte mes lèvres. Ses yeux se posent brièvement sur ma bouche.

Il me regarde d'un air indécis. « D'accord, Layne. » Il libère un de mes bras et me fait pivoter vers la porte. « Tu viens avec moi. »

~.~

Sam

LA RESPIRATION APEURÉE de Layne me hante alors que je la pousse devant moi, ses poignets rassemblés dans une main. Après m'avoir tenu tête et servi un discours passionné, je m'attends à moitié à ce qu'elle essaie de fuir, mais elle garde la tête basse et obéit à mes ordres. Elle est peut-être en état de choc. Manifestement, elle est intelligente.

Dr Layne Zhao. *Layne*. Son nom tinte dans mon esprit comme une mélodie. Elle a une odeur sucrée qui me rappelle le jasmin. Apparemment, je n'ai pas baisé depuis trop longtemps, parce que mon loup est devenu dingue quand je l'ai touchée. Mon esprit déborde d'images où je la mets à quatre pattes et la prends par derrière.

Bon Dieu. Je perds le contrôle. Je ne peux pas laisser le mal de lune me reprendre. *Je ne peux pas*. Si je veux mettre un terme à cette organisation, je dois garder mon humanité. Je ne peux pas laisser les ténèbres prendre le dessus.

Je la pousse dans le couloir et me sers de son badge pour ouvrir la porte. Elle tourne la tête vers la caméra au-dessus de nos têtes et articule *au secours*.

Dommage pour elle, grâce à un simple piratage, la caméra diffuse le même enregistrement en boucle. Et j'ai déjà administré un sédatif aux deux gardes qui surveillaient les entrées. La sécurité a beau être très stricte, aucun système n'est impénétrable. Sortir d'ici avec un otage sera compliqué, mais si elle dit la vérité, elle représente ma meilleure piste pour mettre la main sur Smyth et Santiago. Ça, et le disque dur dans ma poche.

Ma décision de l'emmener avec moi n'a rien à voir avec le fait que mon loup me hurle de la protéger. Il a peur qu'elle ne sorte pas à temps avant que mes explosifs ne fassent tout sauter.

Les lumières clignotent et mon otage s'agite, gigote pour essayer de se libérer de ma poigne.

Je pousse un juron ; je n'ai pas envie de lui faire mal. Elle rejette brusquement sa tête en arrière puis écrase son front contre mon nez en un mouvement à la fois surprenant et sexy.

Mon nez craque, je desserre ma prise. Elle se libère et se met à courir dans le couloir.

Mon loup pense que c'est un foutu jeu et, avant que je ne puisse modérer ma réaction, je me lance à sa poursuite. Je la plaque par terre après un roulé-boulé. Son petit *ouuf* fait durcir mon sexe contre la courbe douce de ses fesses. Une goutte de mon sang tombe dans son cou, et je dois retenir les excuses qui manquent de sortir de ma bouche.

C'est elle qui m'a cassé le nez, par la lune.

Je m'écarte d'elle, redoutant plus de perdre le contrôle qu'elle ne s'échappe. Je peux toujours la rattraper. Grâce à ma nature de métamorphe, mon nez a déjà cessé de saigner, l'os s'est remis en place. Je suis reconnaissant pour ce miracle à chaque fois, surtout parce que je me rappelle bien ce que ça fait d'être trop faible pour que les blessures se régénèrent.

Layne se redresse sur les genoux.

J'attrape sa cheville pour la tirer en arrière. Elle me surprend à nouveau ; elle fait volte-face et se jette sur moi comme pour me pousser sur le dos. Bien sûr, ma force de métamorphe m'évite de tomber en arrière, et elle se retrouve à califourchon sur mes genoux, ses bras serrés autour de mon cou.

Hé, saluuuut Layne, roucoule mon loup. Mon érection presse contre son sexe tiède. Je sens sa main entrer dans ma poche et se refermer sur le disque dur.

Petite maline.

J'attrape son poignet pour immobiliser sa main et passe mon autre bras autour de sa taille. Je ne voulais pas rapprocher ses hanches des miennes, mais c'est ce qui se passe. Bon, d'accord, peut-être que c'est ce que je voulais faire.

Parce que je suis en train de perdre le combat face à mon loup.

Par la lune, j'aimerais qu'elle soit moins attirante. Ses pommettes hautes sont rougies et, putain, ce sont des taches de rousseur sur son nez ?

Mon loup halète, j'approche mon visage de son cou. Ne pas sortir ma langue pour goûter sa peau me demande toute ma volonté.

« Docteur Zhao, j'adorerais continuer à faire la bête à deux dos, mais on n'a pas le temps. On doit sortir du bâtiment avant qu'il explose. »

Ses yeux s'emplissent de larmes, et ça fait quelque chose de terrible à mes entrailles.

Mon loup bat en retraite, toute agressivité sapée.

« Mais... mes recherches. » Elle a l'air totalement brisée.

Sérieusement ?

Ouah. Cette femme tient plus à ses recherches qu'à sa propre vie. Ce qui est... *fascinant*.

« Si tu veux tes recherches, tu ferais mieux de rester avec moi, non ? » Je secoue le disque dur sous son nez. C'est franchement pas sympa, étant donné que je n'ai aucune intention de lui rendre les données, mais je dois la faire sortir d'ici au plus vite avant que l'immeuble ne s'écroule. Je la soulève pour libérer mes jambes, me remets debout et la tire à nouveau à travers le couloir.

Elle a l'air d'accord avec mon raisonnement, parce que cette fois elle presse le pas pour me suivre. « Où est-ce qu'on va ?

— On sort d'ici. J'essaie de te protéger, docteur.

— Me protéger de qui ? C'est toi qui as un revolver et des explosifs. »

Je choisis de ne pas répondre. Je n'ai pas vraiment le temps de lui expliquer qu'elle est du mauvais côté de l'éthique. Je ne pense pas qu'elle ait la moindre idée de ce qui se passe réellement dans ces labos.

« Tu es qui ? Pourquoi est-ce que tu fais ça ? »

Pour de nombreuses raisons, ma belle. Rendre la justice. Aider mes semblables. Me venger.

« Ces types avec qui tu travailles ? Ce sont de mauvaises personnes. »

Elle fronce les sourcils en entendant mon résumé ultra-condensé.

« Je suis un homme honorable », j'ajoute. Si elle était métamorphe, mon odeur lui indiquerait que je ne mens pas. Elle me regarde à la dérobée alors que je l'entraîne dans un autre couloir. Certains humains se fient à leur instinct pour juger les gens. J'espère que le Dr Zhao est l'une d'entre eux.

Bien sûr, il est aussi possible qu'elle ait une prédisposition pour être manipulée. Connaissant Smyth, il l'a engagée précisément pour cette raison. Typique de Smyth.

« Je te propose un marché. Tu m'aides à trouver ton patron, et je ne fais pas sauter le labo.

— Je te l'ai dit, il n'est plus là. Il est parti juste après notre entretien.

— J'aimerais que tu me dises tout ce que tu sais pour m'aider à le localiser. »

Elle plisse les yeux. Je peux presque entendre les rouages tourner dans sa cervelle pendant qu'elle analyse ses options. Elle soupire longuement, et hoche la tête.

Je suis surpris par le soulagement que je ressens. J'ai vraiment envie qu'elle me fasse confiance. Même si l'important est qu'elle fasse ce que je dis, mon loup a horreur que je la menace.

« Marché conclu ?

— Marché conclu. » Dès qu'elle accepte, je range le pistolet tranquillisant dans mon dos, à ma ceinture. Je m'arrête pour désactiver les explosifs que j'ai mis en place un peu plus tôt et les récupère. Je me réserve le droit de revenir plus tard pour tout faire sauter, une fois qu'elle m'aura révélé ce qu'elle sait.

Et quand elle ne sera plus à l'intérieur, bien sûr.

« Par ici. »

Au poste de contrôle, Dr Zhao s'arrête net en voyant les deux gardes humains que j'ai assommés.

« Avance », dis-je en grommelant. Je ne ferais jamais de mal à une femme, mais elle n'a pas besoin de le savoir. Une main dans le creux de son dos, je l'éloigne des hommes inconscients. Son expression alarmée me fait serrer les poings. Ils ne méritent pas sa compassion.

« Si tu savais le genre d'hommes qu'ils sont, tu ne t'en ferais pas pour eux », dis-je sèchement. J'ai l'air sur la défensive, comme si j'avais quelque chose à prouver, ce qui est débile. Je n'ai pas besoin de la faire changer d'avis ; j'ai seulement besoin qu'elle me dise où se trouve Smyth.

Elle se mordille la lèvre alors que je me sers à nouveau de son badge. Je suis entré ici de manière furtive, mais nous allons ressortir par la grande porte. J'ai volé le badge d'un des gardes : on dirait juste que je ramène Dr Zhao jusqu'à sa voiture.

Lorsqu'elle regarde à nouveau les hommes à terre, je lui prends le bras. « Allez, on perd du temps, dis-je en la gardant contre mon flanc. Reste zen et il ne t'arrivera rien. Je te le promets. »

On avance à vive allure. « Où est ta voiture ? »

Elle me montre une petite citadine bleue. Je la guide jusqu'à la portière. Évidemment, elle conduit un véhicule hybride. Encore une de ces personnes dévouées à la protection de l'environnement. J'ai pris ses clés en même temps que son badge. Dès qu'on s'approche, je déverrouille les portières.

C'est là qu'on rencontre des ennuis.

« Hé ! appelle quelqu'un du haut de la tour des gardes. Tu sais où est Matthias ? »

Je secoue la tête en accompagnant Layne jusqu'au côté conducteur.

« Va voir où il est. Je n'ai pas de nouvelles de lui depuis un moment, dit le garde avant de réessayer d'appeler son collègue sur son talkie-walkie.

— Compris. » Je garde la tête baissée, ouvre la portière et fais signe au Dr Zhao de monter. La plupart des gardes sont humains, mais certains sont des métamorphes mercenaires. Des loups, principalement.

Et l'un d'entre eux travaille ce soir. C'est bien ma chance.

« Hé, c'est le docteur Zhao ? demande-t-il. Ils disent qu'elle peut pas partir. Il y a eu un téléchargement illégal de données depuis son poste de travail. »

Je tourne la tête vers l'homme pour lui montrer que je l'écoute, en essayant de garder une attitude naturelle. La brise se lève. Je vois ses yeux s'écarquiller au moment où il capte mon odeur.

« Ne bougez plus. » Il prend son fusil. Au même instant, le Dr Zhao se met à courir.

« Au secours ! » crie-t-elle en cavalant vers lui.

Bien sûr, ce connard la met immédiatement en joue.

« Non ! » Je cours à toute vitesse pour m'interposer avant que le garde tire. Je la renverse et la fais tomber sur le flanc pendant que les balles passent au-dessus de nos têtes. Je sors ma propre arme, riposte et atteins ma cible. Sans perdre de temps, je fais lever mon otage et la pousse à l'intérieur de la voiture. Les cris tout autour de nous m'indiquent que les autres gardes ont été avertis et qu'ils sont en train de se rassembler pour nous arrêter.

Tout en protégeant le corps fragile de l'humaine du mien, je la pousse sur le siège passager et grimpe dans la voiture.

« Attache-toi », j'ordonne en mettant la marche arrière dès que le moteur est allumé. J'oriente le véhicule de façon à rester entre ma passagère et la tour des gardes. Une rafale de balles se loge dans la voiture lorsqu'on passe devant.

« Ils me tirent dessus, crie le Dr Zhao.

— Sans rire, ma belle. » Je fais demi-tour et fonce vers le portail. Je n'ai encore jamais utilisé une voiture économe en énergie pour m'enfuir. Il y a une première fois à tout.

« Pourquoi est-ce qu'ils feraient ça ?

— Ils pensent que tu voles les recherches.

— Pourquoi je volerais mes propres recherches ? Je suis une employée... » Elle pousse un cri lorsqu'un garde saute devant la voiture. Je donne un coup de volant pour l'éviter et appuie à fond sur l'accélérateur.

D'autres coups de feu éclatent derrière nous. Je conduis d'une main, utilisant l'autre pour forcer le Dr Zhao à garder la tête entre ses genoux.

« Reste baissée. » Le portail est fermé. Le moment est venu de transformer cette voiture éco-consciente en bélier.

Des cris fusent au-dessus de nous et j'entends des tirs de

mitrailleuse alors que la voiture fonce et passe à travers les portes.

Le docteur hurle.

« Ne bouge pas ! » Derrière nous, des gardes affluent à travers la brèche dans le portail et tirent dans notre direction. Certains courent vers leurs voitures. On n'est pas encore tirés d'affaire, loin de là.

« Oh mon Dieu, oh mon Dieu, scande la jeune scientifique.

— Est-ce que tu vas bien ? Tu es blessée ? »

Elle tourne un regard incrédule vers moi.

CHAPITRE DEUX

 *ayne*

JE CHANTE SOUS LA DOUCHE. Quand je travaille, je parle toute
seule. J'oublie parfois de me doucher. Ça fait de moi quelqu'un de bizarre.

Le type assis à côté de moi, qui projette ma voiture à
travers le portail de sécurité sous une pluie de balles, est
complètement taré, avec un T majuscule.

« Ça va ? » répète-t-il.

Je serre mes bras autour de mon corps. « Pourquoi est-ce
qu'ils feraient ça ? Je travaille ici. »

Sa mâchoire se crispe tandis qu'il accélère sur la route. Il
prend plusieurs virages à une vitesse hallucinante, et jure tout
bas quand la voiture commence à vibrer. « Merde.

— Quoi ?

— Ils ont touché les pneus. »

Je pousse un petit geignement. Ma pauvre Prius.

« La voiture est le dernier de nos soucis. Je te la remplacerai », dit-il.

Je ne proteste pas. Qui sait, ce dingue sait peut-être remplir un constat d'assurance ?

« Reste calme. Je vais te sortir de là, ajoute-t-il comme si je ne me retrouvais pas dans cette situation à cause de lui. Le plus important dans l'immédiat, c'est de ne pas se faire tuer. »

Je n'aurais pas dit mieux.

Mais selon moi, c'est à cause de lui qu'on me tire dessus, donc rester en sa compagnie serait de la démence. Je dois m'échapper, appeler le Dr Smyth et lui expliquer que je n'ai rien à voir avec le vol de données.

Mais d'abord, je dois récupérer mes recherches que le taré a volées.

Il prend un virage brutal pour entrer sur le parking d'un fastfood et se gare derrière une benne à ordures.

Le temps que je retrouve mes repères, il ouvre ma portière, détache ma ceinture et me tire hors du véhicule. « Allez, viens.

— Où est-ce qu'on va ? » J'ai posé la question automatiquement, et trébuche alors qu'il me tire vers un fourgon banalisé. Le genre sans fenêtres à l'arrière.

« Là où on sera en sécurité. »

Merde. J'aurais dû me débattre plus dans le labo. Maintenant, je vais me faire emprisonner et violer dans un fourgon. C'est peut-être un scientifique fou qui mène ses propres expériences. Pas sur moi, j'espère.

Mes recherches. Le travail de ma vie. Le remède. C'est tout ce qui compte.

Pourtant, je ne peux m'empêcher de demander : « Tu ne peux pas me laisser partir ?

— Non, répond-il en me tenant fermement par le coude

pour me guider vers le fourgon. Tu as vu les tireurs. Ils en avaient après toi aussi. »

Mouais. Ou alors, c'est ce qu'il veut me faire croire pour que je ne tente pas de prendre la fuite.

« Tu veux rester en vie ? Attache ta ceinture. Je vais nous tirer de là. »

En me mordant la lèvre, je lui obéis. Je continuerai de le faire jusqu'à ce que je trouve une occasion pour lui échapper.

Il conduit comme un dingue, en prenant des virages brusques et en évitant les artères principales. Je m'accroche au bord du siège.

Si ça se trouve, il m'emmène dans un coin tranquille pour me tuer. Ou alors il dit la vérité.

Je n'ai aucune raison de lui faire confiance. Mais après avoir reçu Smyth, Santiago et tous ses gardes du corps aujourd'hui, et après avoir assisté à toute cette violence, je dois admettre que l'entreprise DataX n'est pas entièrement ce qu'elle prétend être. Pour quelle raison traitent-ils notre institut de recherche comme une base militaire ?

« Qu'est-ce que tu voulais dire par *ce ne sont pas de bonnes personnes* ? finis-je par demander.

— Tu sais, ces cellules dont tu m'as parlé ?

— Oui...

— Ils t'ont dit d'où elles provenaient ? »

Mes tripes se nouent alors que je me prépare à entendre sa révélation. Il va dire quelque chose d'invraisemblable. Qu'elle proviennent d'extraterrestres, ou de super-humains.

Il tourne son avant-bras droit pour me montrer ses tatouages. Non... je m'approche. Les tatouages recouvrent des cicatrices. D'innombrables marques, comme sur le bras d'un toxicomane, ainsi que des brûlures.

Je retiens mon souffle, surprise. Qu'est-il en train de me montrer ? Quand j'effleure les marques du bout des doigts, il sursaute comme si je l'avais brûlé. « Tu es en train de me dire que les cellules viennent de toi ? Et qu'on les a prélevées sans ton consentement ? »

Il serre les mâchoires, sa bouche forme une ligne maussade. « Je suis en train de dire que tu n'as aucune idée de ce qui se passe là-bas. »

Son attitude me tape sur les nerfs. D'un ton sec, je réplique : « Alors dans ce cas, pourquoi tu ne m'expliques pas ? »

Son regard se détache de la route et se pose sur moi, froid et évaluateur.

Lorsqu'il ne répond pas, je passe à l'action. Je me saisis du pistolet qu'il a posé sur le tableau de bord entre nous et le braque sur lui. « Arrête-toi », dis-je de ma voix la plus déterminée.

L'agacement se lit sur ses traits, puis sa main bouge si vite qu'elle devient floue.

Je ne fais pas exprès... mais je n'ai pas le temps de réfléchir. J'appuie sur la détente. En réalisant mon erreur, je pousse un hurlement qui couvre le bruit de la détonation.

Non, une seconde. Le coup de feu n'a pas été assourdissant.

C'est un pistolet tranquillisant. La fléchette est plantée dans mon ravisseur, là où son bras rencontre son torse.

« Putain, Layne », aboie-t-il. Le fourgon dérive sur le côté de la route avant qu'il ne le mette à l'arrêt. Au début, je crois qu'il va me régler mon compte, mais il s'effondre contre le volant. Il a perdu connaissance.

Je remercie le ciel qu'il ait eu la présence d'esprit d'arrêter le véhicule et de ne pas nous tuer tous les deux. Alors que je tends le bras pour couper le moteur, je me fais la remarque qu'il est intelligent. Débrouillard. Terriblement séduisant. Et je peux savoir pourquoi je suis en train d'admirer un type déséquilibré qui vient de me kidnapper et de voler mes recherches ?

J'enfonce la main dans la poche de son jean et en sors le disque dur externe. Dans la boîte à gants, je trouve un téléphone portable. Je m'en saisis aussi et sors du véhicule. Je n'ai pas la moindre idée d'où on se trouve, seulement qu'on est au milieu de nulle part, en Californie. Le labo de DataX est situé près d'Alpine, dans les montagnes Cuyamaca du comté de San Diego. Nous avons emprunté une route à sens unique qui grimpe dans la montagne.

Je marche près d'un kilomètre dans le noir avant de m'arrêter, essoufflée. Il faut vraiment que je fasse plus d'exercice.

C'est débile. Je vais prendre le fourgon. Il n'a qu'à marcher, lui.

Je retourne jusqu'au fourgon et ouvre la porte conducteur. J'imagine que j'espérais que mon kidnappeur tomberait simplement du véhicule tout seul, mais je n'ai pas cette chance. Je décroche ses mains du volant et tire, fort.

Il bouge à peine. Ses bras pèsent environ une demi-tonne chacun. Alors que je prends le temps de rassembler mes forces, mon regard se retrouve à nouveau attiré par ses cicatrices.

M'a-t-il dit la vérité ? A-t-il vraiment ces cicatrices parce que DataX a fait des expériences sur lui ? J'ai du mal à le croire, mais après avoir vu tous ces fusils automatiques aujourd'hui, je commence à trouver ça un peu louche. Je vais devoir poser des questions à Smyth quand je l'appellerai.

Mais d'abord, je dois partir loin de ce fou.

Je prends appui sur la carrosserie avec mon pied et tire de toutes mes forces. L'homme tombe à la renverse sur moi, son poids mort m'entraînant dans sa chute.

Un rire incontrôlable s'échappe de ma bouche. C'est la deuxième fois aujourd'hui que je me retrouve coincée sous sa solide masse de muscles secs, et ça produit un drôle d'effet sur ma libido. Je me tortille pour me dégager et monte dans le fourgon.

Après un demi-tour atrocement long en trois étapes, j'accélère sur la route tout en téléphonant aux renseignements pour obtenir le numéro principal de DataX, que je ne connais pas par cœur.

~.~

Sam

MEEEEEEERDE.

Je me réveille avec le mal de tête du siècle. Je suis allongé face contre terre et...

Layne !

Je me relève péniblement. Pendant combien de temps est-ce que j'ai perdu connaissance ? Sans doute quarante-cinq minutes au grand minimum, d'après la dose de tranquillisant contenue dans une fléchette. Elles sont conçues pour maîtriser un métamorphe pendant presque une heure. Un humain pendant six.

Je ne vois aucun signe du fourgon, mais si je me base sur les traces de pneus, elle est repartie dans la direction d'où on est venus.

Je tapote mes poches. Ouais, elle a emporté le disque dur.

J'enlève mon T-shirt, me débarrasse de mon jean et de mon caleçon puis les rassemble en baluchon pour pouvoir les transporter dans ma gueule après avoir muté. Mon loup monte à la surface, et je ressens une bouffée de panique lorsqu'il prend le dessus.

C'est dans ces montagnes que j'ai presque perdu mon humanité pour toujours. Sans Jackson, aujourd'hui je ne serais plus qu'un animal extrêmement dangereux.

Mais mon loup ne pense pas à retrouver sa liberté dans la montagne. Il traque Layne. Et il se fout complètement du disque dur.

Je le laisse prendre les rênes, et il court à travers la colline en restant masqué dans les fourrés sans perdre la route de vue. Je ne sais sincèrement pas combien de temps je pourchasse Layne. Je n'ai pas d'échantillon de son odeur, mais quelque chose m'attire et me fait continuer. Son visage dans mon esprit, le souvenir de ses yeux verts où pétille l'intelligence, si surprenants en contraste avec sa longue chevelure noire.

Je retrouve le fourgon à Alpine, garé au fond du parking d'un diner. Je laisse mon tas de vêtements près du véhicule et me cache dans un buisson. Mon instinct est en train de perdre les pédales. Je ne comprends pas pourquoi jusqu'à ce qu'une voiture s'arrête devant le diner en faisant crisser ses pneus. Noire, sans plaques ; le genre de véhicule que conduirait l'équipe de sécurité de DataX. Layne sort du restaurant en courant, comme si ces connards en train de descendre de voiture étaient ses foutus sauveurs.

Évidemment, l'une des brutes lui attrape le bras et appuie un flingue contre sa tempe. « Où sont les données ? »

Son cri étranglé met tous mes nerfs à vif.

Je serais peut-être resté plus prudent sous forme humaine, mais mon loup pète un câble. Je charge en poussant un grondement et saute sur le toit de la voiture. L'effet de surprise joue en ma faveur ; Connard numéro un écarte son arme de la tête de Layne. J'en profite pour me jeter sur lui et le plaque au sol. Le pistolet tombe par terre avec fracas.

Mes crocs s'enfoncent dans sa chair. Malheureusement, pas dans sa gorge, seulement son bras.

Quelqu'un tire un coup de feu et je ressens une piqûre dans mon omoplate. Layne se saisit de l'arme sur le bitume. Je me retourne et bondis sur Connard numéro deux, celui qui vient de me tirer dessus, avant qu'il ne s'en prenne à elle.

Ça laisse à Layne le temps de courir jusqu'au coin du bâtiment. J'entends ses pas s'éloigner vers le fourgon.

Je prends une autre balle, dans l'épaule cette fois, avant de parvenir à désarmer Connard numéro 2. Des clients curieux sortent du restaurant alors que Connard numéro un se relève difficilement. Je cours retrouver Layne de l'autre côté de l'immeuble.

Elle vient d'ouvrir la portière et de s'engouffrer dans le fourgon quand j'essaie de monter derrière elle. Elle pousse un cri perçant et veut fermer la portière sur moi, sans succès. Lorsqu'elle se rouvre en rebondissant, Layne me donne des coups de pied. Je mute et la soulève dans mes bras pour la faire rentrer dans le fourgon dès que j'ai repris forme humaine.

Son cri meurt sur ses lèvres ; probablement parce qu'elle a cessé de respirer. Je la pose lourdement sur le siège passager, ramasse mes vêtements et monte. Comme une répétition de la scène d'il y a quelques heures, je passe la marche arrière et sors du parking en faisant crisser les pneus aussi vite qu'un camion de pompiers appelé pour éteindre un gros incendie.

Je pose mes habits en boule sur mon sexe, qui est malheureusement au garde-à-vous à cause de la proximité de ma passagère.

« Ta ceinture, Layne. »

Elle se remet enfin à respirer. Sa main cherche la ceinture d'un geste automatique. « T-tu saignes. »

Je baisse les yeux sur mon épaule. « C'est rien. » En réalité, je suis surpris de continuer à perdre autant de sang. Mon corps de métamorphe aurait déjà dû extraire la balle.

« Tu es *qui* ? demande-t-elle.

— Sam. Sam Smith. » Je garde les yeux fixés sur le rétroviseur arrière, mais ne repère aucun signe que les enfoirés de DataX nous pourchassent. Ils ont peut-être décidé qu'ils ne sont pas payés assez cher pour affronter un loup.

« Tu es *quoi*, je veux dire ? » Sa voix tremble, son visage est blême sous ses taches de rousseur.

« Je suis un métamorphe. Tu ne croyais quand même pas que les cellules capables de se régénérer provenaient d'humains, si ? »

Un gémissement plaintif sort de sa bouche. Il ne fait rien pour soulager mon érection douloureusement gonflée.

Je serre le volant entre mes mains tout en fonçant dans la montagne, vers la planque que j'ai sécurisée avant d'entrer dans le laboratoire de DataX. « Comment est-ce qu'ils nous ont trouvés ? Tu les as appelés ? » Je suis toujours à moitié vexé, à moitié impressionné qu'elle m'ait tiré dessus tout à l'heure. Ce qui me fait penser... Je saisis l'arme et la jette dans le coffre, hors de sa portée.

Elle sort mon téléphone à carte, qu'elle a dû voler en même temps que le fourgon, et regarde fixement l'écran. Sa main tremble tellement que le portable glisse et tombe par terre. Elle ne fait pas un geste pour le ramasser.

Elle est en état de choc.

« Layne ?

— Ils ne sont pas venus pour me secourir. » Sa voix semble lointaine. « Ils voulaient juste les données. »

Sa foi inébranlable en DataX me tape sur le système.

« Sans déconner, mon cœur. On n'a pas déjà eu cette conversation ? Ils pensent que tu es avec moi. Tu es facilement remplaçable. Pas ces recherches. »

Elle tourne la tête vers moi avec un regard stupéfait. Ses yeux se posent sur ma blessure, puis remontent vers mon visage. Je perds toujours du sang. Trop de sang. Ils ont dû modifier ces balles pour affecter mes capacités de guérison.

« Un métamorphe, murmure-t-elle avec révérence. Un loup.

— Oui. » Je n'avais pas prévu de lui faire un exposé, mais ce qui est fait est fait. Je déciderai quoi faire par rapport à son savoir inopportun sur notre espèce quand tout sera terminé.

« C'est pour ça que le spectre de lumière a activé les cellules.

— Pardon ?

— J'ai utilisé un spectre similaire à la lumière de la lune, et les cellules ont changé. »

Je fais un bruit évasif. Elle me prend pour une créature imaginaire forcée de se transformer à chaque pleine lune. Peu importe. Je n'ai pas besoin de la détromper, surtout si je vais devoir faire effacer ses souvenirs par une sangsue.

Je prends un virage serré et entre sur un chemin en terre presque inexistant qui serpente dans la forêt et se termine devant un mobile home.

Je sors du véhicule, mes vêtements dans les bras, et tourne le dos à Layne pour qu'elle ne voie pas à quel point elle me fait bander. J'ouvre le coffre, en sors un kit de secours et du chatterton. Si Layne s'entête à vouloir s'enfuir, je vais devoir l'attacher comme une véritable otage.

Quand elle sort du fourgon, je rassemble ses poignets dans son dos et les attache avec une bande de chatterton. « Navré, docteur, mais je ne peux pas prendre le risque que tu me tires dessus ou que tu reprennes la fuite. »

Elle tire sur les liens pendant que je la mène vers la porte.

« Attends là », dis-je avant de la précéder à l'intérieur. Le simple mobile home ne contient presque rien à part mon équipement. Je fais le tour des pièces pour m'assurer qu'il est vide et l'invite à entrer après avoir rapidement enfilé mes habits.

Parano ? Oui. N'importe qui avec des cauchemars comme les miens le serait.

« On est où ? demande-t-elle en jetant un regard oblique en direction des pièces vides.

— En sécurité. » Elle fait un tour sur elle-même au milieu du petit salon.

« Tiens. » J'ouvre une bouteille d'eau et l'approche de ses lèvres.

Elle avale une gorgée et s'étouffe. Des gouttes d'eau coulent sur son menton.

Le désir de lécher les gouttelettes sur sa peau me consume. J'ai envie d'aspirer cette lèvre boudeuse dans ma bouche pour la goûter.

Elle s'écarte de moi en fronçant les sourcils et me tourne le dos.

Je ne prête pas attention à la détresse de mon loup à l'idée de l'avoir offensée et consulte mon téléphone prépayé. J'ai reçu plusieurs messages. Ils doivent tous être de Kylie. C'est la seule à être assez douée pour me suivre à la trace.

« Ne t'approche pas des fenêtres », dis-je sèchement lorsque Layne se tourne dans cette direction. Ce qui est idiot. Mes sens de loup entendraient n'importe qui approcher, or tout est silencieux. Cependant, je ressens un besoin impérieux de la protéger, et le souvenir de ce connard en train de la menacer avec une arme est encore beaucoup trop frais.

Elle me foudroie du regard et s'assied sur le canapé inconfortable. Je la laisse seule le temps d'allumer mon ordinateur et de connecter le disque dur. Le téléchargement se lance aussitôt, et je fais plusieurs copies que je sauvegarde sur mes serveurs privés. J'hésite à en envoyer un exemplaire à Kylie. Elle pourrait m'aider à étudier les données, mais je la mettrais en danger en l'impliquant, ainsi que Jackson. Je ne peux pas prendre ce risque. Surtout avec Jaylin, leur nouvelle petite louve. Ou panthère. On ne saura pas avant la puberté.

Quoique, peut-être que notre bonne docteur Zhao ici présente connaît un moyen de décoder les gènes métamorphes.

Mon bras s'engourdit. Je le frotte distraitement.

« Je... Je pense que tu dois aller à l'hôpital. » Elle fixe mon dos.

Je me tords le cou et me rends compte que l'arrière de mon T-shirt est trempé de sang.

Merde. Deux balles.

Avec un grognement, je me dirige vers la salle de bains, enlève mon T-shirt et examine les dégâts dans le miroir. Une balle est profondément logée dans mon épaule. L'autre semble être enfoncée dans mon omoplate. Aucune blessure n'est vraiment grave ; mon sang métamorphe pourrait normalement me guérir, mais connaissant DataX, les balles sont en argent ou en une autre merde qu'ils ont concoctée dans un labo pour m'empêcher de me régénérer. Les hommes de Smyth ont l'habitude de maîtriser des métamorphes.

Un gémissement me fait me retourner. Layne se tient dans l'encadrement de la porte de la salle de bains et semble choquée.

« Je vais bien » Même si maintenant que j'ai conscience des balles, mes blessures picotent. « Ce n'est rien.

— Ce n'est pas rien, dit-elle avec la même passion que lorsqu'elle défendait ses recherches. On t'a tiré dessus. *Deux fois*. Tu as besoin de voir un médecin. »

J'éclate presque de rire. « Pas d'hôpital, mon cœur. »

Elle serre les lèvres, et je reconnais son expression. Son côté têtu est sur le point de montrer son nez.

« Le kit de secours », dis-je avant qu'elle commence sa tirade. Je déchire le chatterton autour de ses poignets grâce à ma force de métamorphe. « Sur la table basse dans le salon. Amène aussi le chatterton.

— Pourquoi, pour que tu puisses me rattacher ? » Son ton est méprisant, mais elle s'éloigne déjà vers le salon.

« Techniquement, je ne t'ai pas vraiment attachée », dis-je alors qu'elle s'éloigne. Par la lune, est-ce que je suis en train de flirter ? Il se pourrait bien que ce soit ma manière pourrie de faire la conversation à l'adorable scientifique.

Je ne me doutais pas que je ne savais pas m'y prendre à ce point. Jusqu'à présent, ma vie sexuelle a consisté en des coups d'un soir à l'Éclipse, la boîte de nuit dans laquelle je suis barman. Je n'ai pas besoin de draguer les filles là-bas : elles sont sous le charme de mon boulot. Ouais, tenir un bar et servir des verres me rend automatiquement spécial. Dans le petit microcosme des clubs, le type qui contrôle l'alcool a le pouvoir. Autant de pouvoir que celui qui contrôle les entrées. Les filles battent des cils et minaudent, et je les baise contre un mur. Ou chez elles. Je ne m'attarde pas ensuite. Je n'appelle pas le lendemain. Fin de l'histoire.

Je n'ai jamais envisagé de me mettre en couple parce que je connais la triste vérité : je suis brisé. Irrécupérable.

Je garde à peine les ténèbres à distance au quotidien. Mon enfance, si on peut vraiment l'appeler ainsi, les traumatismes causés par les multiples tests effectués sur moi en laboratoire dès ma puberté et le mal de lune m'ont rendu au mieux émotionnellement distant. Au pire, complètement timbré.

Layne revient avec le kit et, contre toute attente, avec le chatterton.

Petite chose obéissante. Elle croyait peut-être que je ne comptais pas m'en servir pour ses poignets.

Elle lève les yeux au ciel. « Vas-y, attache-moi, puisque tu y tiens. Tu sais, je ne pense vraiment pas que le kit de secours sera suff...

— Je n'irai pas à l'hôpital. Les hommes de Smyth pourraient m'attendre là-bas. S'ils nous retrouvent, ils voudront finir le boulot. »

Elle referme la bouche. La peur est de retour dans son odeur, mais elle ouvre le kit et enfile une paire de gants. « Laisse-moi faire.

— Tu es aussi médecin ?

— Non, mais j'ai fait la première année de médecine, lâche-t-elle d'un air excédé. Je peux me débrouiller. »

J'étudie son visage concentré pendant qu'elle nettoie le sang et examine la blessure sur mon épaule. Les sourcils froncés, elle est toujours adorable. Ses traits sont à la fois saisissants et délicats. Une peau de porcelaine douce et parfaite, des pommettes hautes.

« Je pense que la balle est toujours là, dit-elle avec une grimace.

— Je sais. » Je garde une voix posée même si la douleur irradie dans tout mon bras.

Elle m'indique la cuvette des toilettes. « Assieds-toi. »

Je m'exécute avec un haussement d'épaule. Lorsqu'elle vient se placer entre mes genoux, j'étouffe un grognement. Sa poitrine est à hauteur de ma bouche, suppliant d'être mordillée. Son parfum emplit mes narines et mon loup s'approche de la surface.

On se calme, mon grand.

Un loup ne devrait pas vouloir marquer une humaine, mais le mien semble penser que Layne est sa compagne. Enfin, ce n'est pas une surprise de découvrir que je suis taré d'une nouvelle manière : incapable de faire la différence entre une humaine et ma compagne métamorphe. J'étais idiot de laisser mon instinct animal me guider quand je l'ai prise avec moi.

À présent, elle me distrait de mon véritable objectif : éliminer Smyth.

Elle ouvre l'emballage des instruments stérilisés et penche la tête pour œuvrer. J'ai l'impression qu'elle creuse, fouille dans mon épaule. Sa queue de cheval tombe et chatouille ma joue.

Bon Dieu. J'ai envie de la plaquer au sol et de la baiser toute la nuit.

« Oh, pardon, dit-elle en remarquant ses cheveux avant de les rejeter en arrière. Je te fais mal ? Je dois être en train de te faire mal. »

Un souvenir se présente en un flash. Les ténèbres palpitent autour de moi, se rapprochent. Le labo est sombre, ou peut-être que c'est ma mémoire. Je suis attaché sur une chaise de torture. *Tests du seuil de douleur*, voilà comment ils appelaient ça. Smyth me faisant subir toutes les formes de torture imaginables pour mesurer mes réactions, à quelle vitesse je me régénère.

Un grondement monte dans ma gorge.

Layne pousse un cri et trébuche en reculant. Je la rattrape avec l'intention d'enlacer sa taille, mais au lieu de ça, mes mains se referment sur ses fesses.

« Tout va bien », dis-je en l'attirant entre mes jambes, ma main toujours crispée sur la courbe de son postérieur. La toucher dissipe les ténèbres. Le poids sur ma poitrine s'allège.

« Qu'est-ce qui s'est passé ? Je t'ai fait mal ? »

Mon cerveau ordonne à ma main de la lâcher mais, bien sûr, je serre sa fesse contre ma paume avant de la libérer.

« Pardon ! dis-je en levant les bras en l'air. Je ne voulais pas te peloter. »

Quel putain de menteur.

« Qu'est-ce que c'était, ce bruit que tu as fait ? »

Je secoue la tête en essayant de me débarrasser des vestiges du souvenir. « Rien. » Elle sait probablement déjà que je suis taré, mais ma stupide fierté de loup refuse d'admettre à quel point mon humain est brisé. « Je n'ai rien. Tu ne m'as pas fait mal. »

Elle pince les lèvres, mais sa main tremble lorsqu'elle recommence à s'occuper de mon épaule.

Je ne peux pas m'en empêcher ; mes doigts se posent sur sa jambe, serrent légèrement sa cuisse. Sa chaleur se diffuse sur ma peau et semble pénétrer dans mon sang comme un remède, calmer la folie tremblotante, la bête sauvage en moi qui donne des coups de griffe pour se libérer.

Je cherche désespérément quelque chose de normal à dire et finis par laisser échapper : « Tu es sexy, pour une intello. » Putain de merde. Je suis un satané idiot.

« Eh ben, merci, répond-elle sans lever les yeux. Si c'est comme ça que tu dragues, pas étonnant que tu sois obligé de kidnapper les filles pour qu'elles te parlent. »

Je sursaute, mais pas à cause de mon bras. Elle a raison de penser que je suis un psychopathe. Les brèches dans ma santé mentale ne peuvent être comblées. Merde, je ne sais même pas pourquoi je suis encore vivant, mais je pense que le destin a voulu que je continue pour neutraliser Smyth.

Dans un autre monde, une autre vie, je pourrais être le genre de type qui emmène une fille au resto. Un rencard normal.

Le Dr Zhao serait tout à fait mon style, le génie sexy. *Layne*, insiste mon loup.

« Alors, tu me trouves nul en drague ? » *Ferme-la, ferme-*

la. Tu l'as effrayée avec un flingue, tu l'as kidnappée et tu as menacé de faire sauter le labo où elle travaille. Et maintenant, tu essaies de la draguer ?

À ma grande surprise, un sourire flotte sur ses lèvres puis s'efface lorsqu'elle se reconcentre.

« Ne bouge pas. » Un tiraillement, et du sang jaillit de mon bras. « Et voilà, dit-elle en me montrant la balle ensanglantée avant de la laisser tomber dans le lavabo. La prochaine fois, je préférerais des fleurs. »

J'éclate de rire. Layne finit de me nettoyer et me fait un pansement. Je pourrais lui dire que ce n'est pas nécessaire, que mon sang de métamorphe va me régénérer maintenant que l'argent a été extrait, mais j'aime qu'elle s'occupe de moi.

« Tourne-toi », ordonne-t-elle. Je pivote sur les toilettes et m'assieds à califourchon pour lui présenter mon dos.

« Celle-là n'est pas aussi profonde, mais... » Elle se mord la lèvre.

« Quoi ?

— Je crois que ton omoplate est cassée.

— Ne t'inquiète pas pour ça. Dès que l'argent sera extrait, je vais guérir. »

Elle ne dit rien pendant quelques secondes.

« Des balles en argent pour tuer un loup-garou ? C'est vrai, alors ? »

Je ne réponds pas. Elle n'a pas besoin d'en savoir plus sur mon espèce. Pour changer de sujet, je demande : « Tu as quel âge ?

— Vingt-cinq ans. » Elle fouille la plaie, et j'entends le grattement du métal contre mon os.

« Plutôt jeune pour un docteur.

— J'ai commencé la fac à dix-sept ans.

— Si jeune ? Comment ça se fait ?

— J'ai suivi des cours particuliers. » Elle laisse tomber une autre balle sanglante sur le comptoir. « Et voilà.

— Quand même, dis-je en faisant mentalement le calcul. Valider un doctorat en quatre ans...

— En deux ans, en fait. J'ai pris différents cours en option. Et j'ai suivi la première année de médecine en cursus avancé. Puis je me suis spécialisée dans la génétique et j'ai décroché un stage à l'obtention de mon diplôme. »

Je siffle. « Donc, tu es un génie. »

Elle tapote un coton imbibé d'alcool sur la plaie et ouvre l'emballage d'un pansement. « Non. Juste motivée. Et je ne sors pas beaucoup. » Elle retire les gants et m'observe aussi attentivement que je l'ai fait.

« Pas besoin de pansement. Je pense que je vais prendre une douche. » Des croûtes de sang séché maculent mon flanc et ma taille au-dessus de mon jean noir. « Merci d'avoir extrait les balles.

— Pas de quoi. Je dirais bien *quand tu veux*, mais je préférerais que ça n'arrive pas régulièrement.

— C'est compris. »

Je prends le chatterton et en découpe une bande.

~.~

Layne

JE SUPPOSE que c'est moi qui suis idiote de lui avoir ramené le rouleau de chatterton. Je pensais vraiment qu'il voulait s'en servir pour refermer ses blessures, un truc du genre.

Tout de même, je suis vexée comme un pou qu'il pense qu'attacher mes poignets soit nécessaire. Je plante mes mains sur mes hanches. « Je viens d'extraire deux balles de ton corps. Tu vas sérieusement... »

Il attrape mes mains et les plaque sur le comptoir de la salle de bains. Avant que je puisse reculer, il colle une longue bande de chatterton par-dessus, m'attachant contre la surface en faux marbre.

« Ça ne tiendra pas. »

Ou peut-être que si. Je tire inutilement sur le chatterton pendant qu'il ajoute une deuxième, puis une troisième bande.

Je perds mes moyens. Merde, pourquoi ne pouvait-il pas simplement attacher mes poignets ensemble dans mon dos, comme tout à l'heure ? Est-ce qu'il était vraiment obligé de m'attacher *au lavabo* ? « Cette position est vraiment humiliante », dis-je d'une voix plaintive. Je suis penchée contre le lavabo, en face du miroir, tel un enfant mis au coin.

Comme s'il venait de remarquer à quel point la posture est sexuelle, il se colle tout à coup contre moi. Je sens la chaleur de son corps fin pressé contre mon dos. La bosse de son sexe effleure mes fesses, et je me souviens de son érection lorsqu'il a repris forme humaine.

Est-ce habituel, ou était-ce juste pour moi ? Je sens mes joues chauffer en prenant conscience que j'ai vraiment envie de lui faire de l'effet.

Il se penche en avant et place ses mains de chaque côté des miennes sur le comptoir, m'emprisonnant entre ses bras. Sa bouche effleure mon oreille. « Je ne sais pas. Je trouve ça plutôt sexy. »

Oh, mon Dieu. Je lui plais carrément. La chaleur se rassemble dans mon entrejambe, des frissons parcourent ma peau.

Une de ses mains se pose sur ma hanche alors qu'il recule.

Je lève les yeux vers le miroir et cesse de respirer lorsqu'il lève son autre main et la laisse s'écraser brutalement sur mes fesses.

« Aïe !

— *Ça*, c'est pour m'avoir tiré dessus. » Sa voix est plus rauque que d'habitude. Il frappe mon autre fesse, tout aussi fort. « Et *ça*, c'est pour être retournée voir DataX. »

Un cri pleurnichant sort de ma bouche, mais pas à cause de la couleur. Plutôt parce que mes jambes deviennent faibles et que je ne suis pas sûre d'arriver à tenir debout.

Il frotte sa paume sur ma peau rougie et je me rends compte que je me cambre contre sa main, que mes hanches ondulent d'avant en arrière.

Sa respiration s'accélère alors que sa main descend sur ma cuisse et se glisse sous ma jupe.

Je ne me suis jamais sentie sexy, jamais. Mais à cet instant, en entendant le souffle irrégulier de Sam, en voyant le désir enflammer son regard, j'ai l'impression d'être une pin-up. Ou la star d'un porno.

Jolie scientifique punie et baisée par un cobaye en colère.

Oh bon Dieu, je n'aurais *pas* dû penser à ça.

« Layne. » Il prononce mon prénom comme une plainte. Comme des excuses.

Je me demande pourquoi il est désolé... Pour ce qu'il va faire ? Ou pour ce qu'il se retient de faire ? Parce que je peux voir le combat en lui, la culpabilité et le contrôle qui tempêtent juste sous la surface tandis que sa main monte plus haut, toujours plus haut. Lorsque ses doigts effleurent mes lèvres humides, ils envoient une décharge de plaisir à travers tout mon corps.

« Dis-moi d'arrêter, Layne. » Sa voix est rocailleuse.

Qu'est-ce qui ne tourne pas rond chez moi ? Je n'en ai pas envie. Je rencontre son regard dans le miroir et secoue la tête.

Sa mâchoire se décroche de stupéfaction, et ses doigts glissent sous ma culotte.

Je sursaute à ce contact ferme. Il passe les doigts le long de ma fente. Je n'ai jamais été si mouillée.

« Tu n'as pas envie de ça. » On dirait qu'il essaie de me persuader de l'arrêter.

Je soutiens son regard dans le miroir, lève un genou et le pose sur le comptoir, près de mes mains.

Le son émis par Sam est entièrement animal. Il sort la main de ma culotte et donne une tape sur ma chatte.

Ma bouche forme un *O* de surprise. Je ne savais même pas que ça se faisait.

« Qu'est-ce que tu fais, Layne ? demande-t-il d'une voix grave en remontant ma robe avant de déchirer ma culotte. Tu n'as pas envie de ça. Pas avec moi. » Il donne une autre claque sur mes fesses, fort.

Avant que je puisse répondre, il est à genoux à mes pieds, fait remonter ma jambe sur le comptoir et finit de m'enlever ma culotte. Puis il me donne un coup de langue.

Le déferlement de plaisir pur me fait pousser un cri.

D'accord, je ne savais même pas que cette position existait. Un cunnilingus par derrière ? Il presse fermement mes hanches contre le comptoir tout en m'attaquant avec sa langue déterminée.

Je ne reconnais pas les sons qui sortent de ma gorge, des bruits de besoin gutturaux.

La langue de Sam tournoie autour de mon clitoris, encore et encore.

Je gémis en remuant mes hanches de haut en bas, me frotte contre son visage. « S'il te plaît. » Mon ton est suppliant.

Les lèvres de Sam se décollent de ma chatte. Il se lève, et ses doigts viennent remplacer sa bouche, s'enfoncent en moi, me remplissent.

« S'il te plaît », dis-je en gémissant.

Il fait des allers-retours avec ses doigts, fait cogner ses jointures contre mon sexe, me pénètre profondément.

Lorsqu'il touche mon point G, je perds le contrôle. La jambe sur laquelle je tenais debout se dérobe sous moi, mais ça n'a pas d'importance parce que Sam me maintient d'une main sous mes fesses tout en continuant de me baiser avec ses doigts. Il me pénètre de plus en plus rapidement alors que mon orgasme monte.

Mes muscles se contractent autour de ses doigts, mon sexe est inondé. « Sam ! Sam !

— C'est ça, mon cœur, dit-il avec un timbre si rauque que je reconnais à peine sa voix. Dis mon prénom quand tu jouis. Je me branlerai là-dessus pendant le restant de mes jours. »

Mes facultés mentales sont sérieusement mises à mal par mon orgasme, mais je range ses mots dans un coin de ma tête pour y réfléchir plus tard. Ils ont quelque chose de bizarre, mais je n'arrive pas à savoir quoi.

Lorsque mes vagues de jouissance se calment, il retire ses doigts et se redresse tout en me tenant debout. Son expression est pure agonie. J'ai envie de lui rendre la pareille, mais il se détourne, retire son jean et entre sous la douche.

Toujours attachée au comptoir par le chatterton, je ne peux que regarder l'ombre de sa silhouette dans le miroir tandis qu'il se place en face du jet d'eau et laisse l'eau tomber en cascade sur ses épaules.

Son érection est énorme. Je vois son sexe raide et dressé à travers le rideau de douche alors qu'il laisse l'eau chaude l'inonder, une main contre le carrelage.

Son autre main descend vers son membre, mais il hésite

avant de se toucher ; ses doigts tressaillent. Comme s'il perdait une bataille, il finit par prendre son sexe en main et un frisson traverse tout son corps. J'entends un gémissement étouffé. La buée recouvre progressivement le miroir, ce qui me dérange parce que je ne veux pas manquer le spectacle.

Je me lèche les lèvres. « Est-ce que c'est pour moi ? » Bon Dieu, que ma voix est enrouée.

Il baisse davantage la tête, un rire bourru résonnant dans la pièce. « Tu peux en être sûre, mon cœur.

— Et si tu tirais le rideau pour que je puisse regarder ? »

Il se fige, la main sur son sexe, comme s'il n'arrivait pas à croire ce que je viens de proposer. Puis il écarte le rideau.

Je suis éclaboussée par des gouttelettes d'eau, mais ça m'est égal. J'ai l'occasion de voir le corps nu de Sam dans toute sa splendeur. Mouillé. Puissant. Ses muscles secs ondulent à chacun de ses mouvements.

Il pose son crâne contre le carrelage près de sa main et recommence ses va-et-vient autour de son membre. « C'est *entièrement* pour toi, Layne, grommelle-t-il. Putain, tu me fais tellement perdre le contrôle que je n'arrive plus à réfléchir. »

Même si je viens de jouir, mes hanches se cambrent contre le comptoir, mon excitation s'éveille de plus belle.

« Est-ce que tu vas... me baiser ? »

Ouah. Je viens vraiment de dire ça ? Je suis vraiment en train de laisser Layne-la-pornstar s'exprimer. Mais c'est ce que je veux. Maintenant que je sais à quel point il est doué avec ses doigts et sa bouche, je meurs d'envie de découvrir ce qu'il fait avec son engin.

Il interrompt à nouveau sa masturbation, et lorsqu'il reprend, c'est à un rythme effréné. « Je ne peux pas, lâche-t-il entre ses dents serrées. J'aimerais pouvoir, mon cœur. » Sa voix porte une légère amertume que je ne comprends pas.

« Ce que je peux faire de mieux, c'est te garder en vie jusqu'à ce que Smyth soit mort et ses recherches abandonnées. »

Voilà un tue-l'amour efficace. Mais j'imagine que c'était son intention. Apparemment, ça n'a pas amoindri son désir, parce que les muscles de son dos sont noués, une veine saille alors qu'il continue de se caresser avec vigueur.

Un grondement monte dans sa gorge, résonne contre les carreaux. Il ferme les yeux et jouit en donnant un coup de bassin. Des rubans de sa semence recouvrent le carrelage devant lui, se mélangent à l'eau avant de disparaître dans la bonde.

Il coupe l'eau et reste là, dégoulinant, la tête basse.

« Je te passerais bien une serviette, mais... tu sais, je suis attachée au lavabo », dis-je sèchement.

Il tourne la tête à demi vers moi, et je pourrais jurer voir de l'accusation dans ses yeux. Comme s'il m'en voulait d'être attiré par moi.

Un petit sourire étire le coin de sa bouche. Il sort de la cabine de douche, prend une serviette blanche sur l'étagère et commence à se sécher.

« D'accord, docteur. »

Ah, alors on est revenus à *docteur* maintenant.

Il enfile son jean noir et cache son sexe, bien qu'il ne ferme pas la braguette. Je regarde son corps magnifique dans le miroir, les poils blonds bouclés saupoudrant son torse, le petit chemin qui descend jusqu'au V avant la fermeture éclair. Un tatouage s'étale sur un de ses pecs. Je remarque que celui-là aussi recouvre des cicatrices. Des brûlures.

Il se place derrière moi et m'emprisonne une fois encore entre ses bras, puis il arrache la bande de chatterton sur mes poignets d'un geste vif.

« Aïe ! » J'ai crié plus fort que nécessaire. Je suis en

colère contre lui, mais je ne sais pas vraiment pourquoi. Peut-être parce qu'il n'est pas allé jusqu'au bout avec moi.

Il me retourne et me prend les mains. La concentration creuse un pli sur son front alors qu'il frotte ma peau irritée avec ses pouces. « Je suis désolé, dit-il avant de tousser et de reprendre : Je n'ai jamais voulu te faire de mal, Layne. C'est juste... je ne veux pas que tu deviennes une autre victime de Smyth. »

Avant que je puisse répondre, il colle sa bouche sur la mienne en attrapant ma nuque pour m'immobiliser pendant son assaut. Sa langue glisse entre mes lèvres.

« On ne peut pas faire ça », dit-il quand il s'écarte.

Je le regarde en clignant des yeux. Hein ? C'est *lui* qui m'a embrassée, pas l'inverse. Comme s'il ne pouvait s'en empêcher, il penche à nouveau la tête pour me donner un autre baiser passionné et, cette fois, j'oublie ses mots et me laisse aller. Sa main monte dans mes cheveux, sa bouche est exigeante. Mes genoux faiblissent une fois de plus.

« C'est une mauvaise idée », murmure-t-il. Ses iris sont jaune brillant, comme ceux d'un loup. Il laisse des baisers le long de ma mâchoire, descend dans mon cou puis recule brusquement, comme s'il luttait contre lui-même. « Je ne peux pas... être avec toi.

— D'accord. » J'ai l'air beaucoup plus sur la défensive que je ne le voudrais, mais il se comporte comme une personne déséquilibrée. Bien sûr, c'est son *modus operandi*.

« Ce n'est pas possible pour moi d'être en couple. » Sa main est toujours dans ma chevelure, il ouvre et referme les doigts, tire sur ma queue de cheval.

« Ouais, pour moi non plus. Je n'en ai pas envie. »

Ses yeux redeviennent bleus, et ils contiennent un monde de souffrance. Une douleur que je ne peux pas comprendre, surtout que je ne comprends pas grand-chose à propos de cet homme.

« Je pense qu'on peut quand même se donner un peu de plaisir, non ? » Je suis toujours complètement excitée après son spectacle sous la douche et le premier round avec sa bouche et ses doigts. Malgré ses signaux contradictoires, j'ai envie qu'il me touche. De me sentir vivante et attirante grâce à sa manière unique de me montrer son désir.

« Oui. » Il attire à nouveau ma bouche contre la sienne et m'embrasse brutalement tandis que son autre main soulève ma robe.

En un éclair, il m'a fait asseoir sur le comptoir, ma robe est rassemblée sous mes aisselles, mon soutien-gorge baissé, et ses lèvres sont collées autour de l'un de mes tétons. Je me cambre contre lui en gémissant.

« Non. » Il secoue la tête, ses yeux à nouveau jaunes. Ses mains pétrissent mes seins, les soupèsent. Il frotte ses pouces sur mes pointes dressées pendant que sa bouche s'occupe de mon autre mamelon. « Je ne peux pas. Layne..., souffle-t-il en caressant mes flancs. Je vais te faire mal. » Il me soulève du comptoir et s'approche de la porte, mon corps pressé contre le sien.

« Tu veux dire que tu ne peux pas avec une humaine ?

— Peux pas avec toi », lâche-t-il en un grondement.

Je ne réponds pas, ne sachant pas si je dois être blessée, vexée, ou les deux.

Il tend le bras et ouvre la porte. « J'ai couché avec beaucoup d'humaines, Layne. Mais aucune ne me faisait perdre le contrôle comme toi. Mon loup... Je ne le contrôle pas assez. Je pourrais te faire mal, très mal. Possiblement te tuer. C'est trop dangereux. » Il me pousse hors de la salle de bains, referme la porte et tourne le verrou.

Un rire hystérique me secoue.

J'entends Sam pousser un juron. On dirait qu'il est appuyé contre la porte. Je pose la main sur le bois comme si je pouvais sentir la chaleur de son corps à travers.

Je jurerais que j'y arrive.

« Je vais prendre une autre douche, déclare-t-il. Une douche *froide*. S'il te plaît, ne sors pas d'ici et ne contacte personne.

— C'est promis. » Et je suis sincère. Je ne comprends pas encore Sam, mais je lui fais confiance.

CHAPITRE TROIS

am

BON DIEU, je suis presque sur le point de marquer Layne. Je jure que si j'approche ma bite de cette femelle, je vais la baiser comme un dingue et plonger mes crocs dans son cou.

C'est à ce point.

Je ne pouvais littéralement pas cesser de la toucher, même quand mon cerveau essayait de faire reculer ma main. Exactement comme lorsque j'ai failli perdre mon humanité, mon loup a trop de pouvoir sur moi. Putain, je ne peux pas le laisser prendre les rênes, sinon je ne pourrai pas détruire Smyth et DataX.

Ce n'est pas seulement une question de vengeance. Je dois mettre un terme à cette folie pour que personne d'autre ne souffre. Bon Dieu, une femelle métamorphe de la meute de Tucson a été enlevée au Mexique par des moissonneurs, des personnes en lien avec l'homme qui accompagnait Smyth dans le labo ce matin : Santiago.

J'ouvre l'eau, la règle sur le plus froid possible et entre sous la douche. Ça n'apaise en rien mon érection. Il me semble voir de la fumée s'échapper de mon corps lorsqu'il entre en contact avec l'eau.

On peut quand même se donner un peu de plaisir, non ?

Est-ce qu'elle l'a vraiment proposé ? Putain, comment se peut-il que je sois si chanceux ? Je ne suis certainement pas digne de Layne Zhao, une femme prometteuse destinée à un avenir qui l'est encore plus.

Quand elle a dit qu'elle ne pouvait pas être en couple, mon loup a eu envie de tout casser. Mais ça ne peut pas être à cause d'un autre mâle, sinon elle n'aurait pas proposé qu'on se donne du plaisir.

Un grondement fait vibrer ma gorge. Merde, j'ai envie d'elle.

Mais je ne peux pas. À l'instant où je la pénétrerai, mon loup la marquera. J'en suis sûr, parce que mes yeux changent chaque fois que je suis trop proche d'elle. Mes crocs s'allongent, se préparent à administrer la morsure de revendication.

Putain, pourquoi mon loup voudrait-il une humaine ?

Il est perdu. C'est sans doute à cause d'un instinct de survie primal. Je suis prêt à mourir pour faire tomber Smyth ; mon animal doit vouloir s'assurer que je me reproduise avant que ça se produise.

Je ne vois que cette explication.

Je suis tenté de me branler encore une fois pour me calmer, mais je redoute que ça ne fasse qu'empirer les choses. Ma première masturbation sous la douche n'a aucunement apaisé mon envie frénétique d'accouplement.

Je laisse mon sexe tranquille et me contente de l'asperger d'eau froide. Une fois qu'il est devenu évident que l'eau n'aide pas, je sors de la douche.

Je me sèche rapidement, remets mon jean et examine mes blessures dans le miroir. Elles se sont déjà presque refermées. La chair est en train de se ressouder, les cellules se régénèrent. Le T-shirt étant trop ensanglanté pour que je puisse le mettre, je sors torse nu.

Une odeur de nourriture pénètre dans mes narines. C'est bien, Layne s'est servie dans la cuisine. Il n'y a pas grand-chose de frais, mais j'ai rempli les placards de boîtes de conserve quand j'ai emménagé ici la semaine dernière.

Je retrouve Layne en train de touiller de la soupe au poulet et aux vermicelles en boîte. Lorsqu'elle se retourne, son regard se pose sur mon torse nu. Ses paupières s'abaissent.

Par la lune, l'alchimie entre nous est incroyable. Au moins, je sais qu'elle la ressent aussi.

Elle toussote. « Tu as faim ?

— Toujours. » C'est la vérité. Depuis que mon loup est presque mort de faim dans les montagnes un hiver, je mange chaque fois que j'en ai l'occasion. Malheureusement, je suis plutôt maigrichon pour un métamorphe.

« Je, euh, je vais mettre un T-shirt et je reviens. »

Parce que, ouais. Si elle continue à me regarder comme ça, je vais rattacher ses mains contre le comptoir pour le deuxième round.

À mon retour, elle a servi la soupe dans deux bols, qu'elle pose sur la petite table près de la fenêtre. Je passe quelques secondes à regarder par la vitre dans toutes les directions avant de décider qu'on ne risque rien et de m'asseoir.

Je soulève le bol et engloutis la soupe en trois gorgées.

Layne se lève d'un bond, en me regardant comme si j'avais cinq têtes. « Tu en veux encore ? Je peux réchauffer une autre...

— S'il te plaît, dis-en lui attrapant le poignet pour l'arrêter. Ne me sers pas. » Putain, si elle continue, je vais l'attirer sur mes genoux et lui montrer à quel point ça me plaît. « Assieds-toi. J'ai des questions à te poser. »

Une expression réservée assombrit son visage. « Du genre ?

— Pourquoi est-ce que tu travailles pour DataX ?

— Ils m'ont proposé la meilleure opportunité pour poursuivre mes recherches.

— C'est-à-dire ? »

Elle détourne les yeux. « J'étudie les maladies génétiques. C'était l'objet de mes recherches postdoctorales. DataX m'a proposé de continuer mes recherches. Ils m'ont dit, affirmé, même, qu'elles étaient complémentaires avec l'un de leurs projets : la création de *super cellules* capables de régénération et résistantes aux maladies.

— Et tu les as crus ?

— Pas au début. Mais ce que j'ai vu... les super cellules sont comme on me les avait décrites. Smyth avait raison.

— Parle-moi de lui.

— Je ne sais presque rien. C'est lui qui m'a engagée. J'étais surprise qu'il me confie la direction du projet Oméga, mais il a dit qu'il suivait mes travaux depuis longtemps et qu'il savait que j'étais déterminée. Que je serais parfaite pour le projet. Qu'on aiderait beaucoup de monde, y compris... » Sa respiration s'accélère. Elle baisse les yeux sur ses mains. « Il savait exactement quoi dire.

— Qu'est-ce qui te rend si déterminée ?

— Ma mère est morte de la maladie de Barrington.

— Qu'est-ce que c'est ?

— Une maladie immunitaire rare. Le corps attaque ses propres cellules. C'est incurable. » Elle inspire profondément. « Pour le moment. »

C'est pour ça qu'elle est si investie dans ses recherches.

« Qu'est-ce que tu peux me dire sur Santiago ?

— *Señor* Flippant ? » Elle se frotte les yeux. Elle doit être au bout du rouleau. « Il est venu aujourd'hui, Smyth me l'a présenté. Il était accompagné d'un tas de gardes du corps. Ils voulaient savoir comment avançait le projet. C'est tout ce que je peux te dire. C'est tout ce que je sais. »

Merde. Elle ne me donne rien d'utile.

« Les cellules sur lesquelles tu travailles, les super cellules. Comment est-ce que tu les as obtenues ?

— Grâce à un programme qui s'appelle le projet Alpha. Smyth ne veut pas me révéler la source exacte. Il dit qu'il ne veut pas fausser l'étude.

— Non, Layne. » Elle rencontre mon regard quand je prononce son prénom. « Il ne veut pas que tu saches comment il les a obtenues.

— Comment est-ce qu'il les a obtenues ?

— Illégalement. Il enlève des gens et il fait des expériences sur eux. C'est ce qu'est le projet Alpha. »

Elle déglutit. « Il t'a fait ça ? »

Je détourne les yeux en sentant une pulsation de ténèbres et d'horreur m'envelopper.

Je suis dans une cage en béton avec des barreaux en argent, un collier d'étranglement autour du cou, la chaîne est accrochée au plafond. Je suis seul, presque sans la moindre interaction humaine depuis des semaines. Pourtant, quand Smyth apparaît avec sa blouse blanche et son bloc-notes, je ne suis envahi que par la peur. Mon corps se crispe, se prépare à ressentir de la douleur supplémentaire. Encore des tests d'endurance. D'autres coups de couteau dans la poitrine, des barres en métal brûlantes sur mes bras et mes jambes.

Smyth détache la chaîne du collier d'étranglement et me

tire contre les barreaux recouverts d'argent. La colère brûle dans ses yeux. La haine.

« Sam ? » La voix inquiète de Layne me parvient à travers un océan. L'horrible pulsation basse qui noie ses paroles disparaît à l'instant où elle me prend la main.

J'aspire de l'air et secoue la tête pour chasser les ombres devant mes yeux.

Smyth. Pourquoi me détestait-il autant ? C'est une question que je ne me suis jamais posée à l'époque. À présent, ça semble être un indice important, et je ne l'avais pas remarqué jusqu'alors.

« Est-ce que ça va, Sam ? »

Je me passe la main sur le visage. « Je dois l'arrêter. »

~.~

Layne

« QU'EST-CE que tu vas faire des données ? » J'ai essayé de poser la question d'un air détaché, mais je sais que j'ai misérablement échoué quand son regard empli de compassion rencontre le mien.

« Layne, dit-il doucement. Je comprends que tu étais excitée par tes découvertes...

— Ces recherches pourraient sauver des vies. » Je n'arrive pas à garder un ton neutre.

« Tu ne peux pas les révéler au public, mon cœur. Qu'est-ce que tu dirais, que tu as utilisé des cellules de *loups-garous* ? Tu serais la risée de la communauté scientifique. Et de toute façon, même si elle acceptait cette explication, je ne peux pas te permettre de révéler notre existence. »

Ma bouche s'ouvre toute seule, mais la protestation meurt sur mes lèvres alors que je prends conscience qu'il a raison. Sans autres cellules métamorphes, je ne pourrai pas dupliquer les données et je ne serai jamais capable d'expliquer ma découverte.

Les larmes me montent aux yeux. Je me lève et me détourne pour les cacher.

Sam se lève aussi, s'approche derrière moi et me serre dans ses bras. Il ne me capture pas comme dans le labo ; il m'étreint. « Je suis désolé.

— J'ai *besoin* de ces recherches. » Ma voix se brise.

« Et je ne peux pas te laisser les garder. » Il parle d'un ton tranquille, sans émotion. C'est un simple énoncé des faits. Il m'enlève tout ce sur quoi j'ai travaillé depuis la mort de ma mère. Depuis le jour où j'ai appris que moi aussi, je mourrai de la même maladie.

Les larmes coulent sur mes joues. Je me tourne dans ses bras et lui frappe le torse. « Qu'est-ce que tu vas en faire ? » Ma voix est plus aigüe que d'habitude.

« Je vais m'en servir pour retrouver Smyth. Et quand il sera mort, je les détruirai. » La détermination dans son expression est glacée, et je ne doute pas qu'il soit capable de tenir ses promesses.

« Non. Tu ne *peux pas*. Je suis sur le point de...

— Non, tu te trompes. Tu ne travaillais pas avec des cellules humaines. Tes recherches sont entièrement biaisées. »

Mon esprit tourne à cent à l'heure. « Peut-être, peut-être pas. J'ai besoin d'effectuer des tests pour le déterminer. »

Les épaules de Sam s'affaissent. « Layne...

— Ne les détruis pas. Je t'en prie. C'est vraiment important. »

Il prend mon visage entre ses mains. « On va trouver une solution.

— Qu'est-ce que ça veut dire ? »

Il se détourne de moi et ébouriffe ses cheveux blonds dans toutes les directions. « Un compromis. Ça veut dire que je vais essayer de trouver un compromis avec toi. D'accord ? » Il a l'air épuisé.

Ma velléité s'évapore entièrement et je me sens tout à coup vannée, moi aussi. Il est tard, probablement plus de minuit, et j'ai eu une journée bien remplie. « Je vais aller me doucher et me mettre au lit », dis-je dans ma barbe.

Il tourne la tête vers moi et me lance un regard perçant. « Ouais. Ça marche. Tu peux prendre la chambre, je dormirai ici. » Il fait un geste en direction du petit salon.

J'acquiesce. La défaite pèse sur mes épaules, bien que je ne sache pas vraiment pourquoi. Sam a accepté de trouver un compromis. Compte tenu des circonstances, c'est tout ce que je pouvais espérer. On dirait plutôt que je ressens le poids sur *ses* épaules… mais ça n'a aucun sens. J'avoue que je suis attirée par ce jeune homme torturé déterminé à se venger. Cependant, au point de ressentir ses émotions, c'est… impossible.

Mais bon, hier encore, j'aurais pu jurer que c'était impossible qu'un humain se change en loup.

Je décide de ne plus y penser et me dirige vers la salle de bains. Lorsque j'éteins l'eau, je trouve un T-shirt et un boxer proprement pliés sur le comptoir. Oui, le comptoir où Sam m'a attachée une heure plus tôt. Savoir qu'il est rentré dans la pièce pendant que je me douchais ne devrait pas m'exciter autant, mais c'est le cas. Et sa prévenance me touche tout autant. Il n'était pas obligé de me prêter ses vêtements.

J'enfile le T-shirt doux et le boxer en me sentant étrangement choyée. Je ne me suis pas très bien occupée de moi ces derniers temps, et c'est agréable de savoir que quelqu'un prend soin de moi. Je ne connais Sam que depuis un jour, mais notre connexion se solidifie un peu plus à chaque minute.

Quand je sors de la salle de bains, Sam est devant son ordinateur portable, en train d'éplucher des informations qu'il fait défiler avec son index.

« Hum, merci pour les habits. »

Il se retourne et je vois ses yeux s'écarquiller avant de descendre vers ma poitrine. Sans soutien-gorge, mes tétons pointent à travers le tissu fin du T-shirt. Ils se dressent sous son regard insistant.

Il éclate d'un rire étranglé. « C'est différent sur toi. »

Le coin de mes lèvres se soulève. J'adore quand il est déstabilisé, et surtout savoir que c'est à cause de moi. « Bonne nuit, Sam. »

Il hoche la tête d'un air solennel. Alors que je commence à m'éloigner, il lance : « Verrouille ta porte. »

Je m'arrête. « Pourquoi ?

— Pour m'empêcher d'entrer. » Sa voix contient un avertissement sombre.

Un frisson d'excitation me traverse.

J'ai couché avec beaucoup d'humaines, Layne. Mais aucune ne me faisait perdre le contrôle comme toi.

Je ne devrais pas me sentir flattée à l'idée que ma vie est en danger.

Mais c'est totalement le cas.

CHAPITRE QUATRE

$\mathcal{L}$*ayne*

Je m'étire dans le noir. Je ne sais pas précisément ce qui m'a réveillée. Une sorte de bruit animal.

Ça recommence. C'est un grondement. Un grondement de *loup*.

Je me souviens où je suis et ce qui s'est passé. Je rejette les couvertures et sors du lit, comme si mon corps était attiré par une force invisible.

L'avertissement de Sam me revient après avoir ouvert la porte.

Je pourrais te faire mal, Layne.

Je n'y crois pas. Oui, je vois sa bataille interne, mais je n'arrive pas à imaginer qu'il me ferait du mal. Pas alors qu'il fait tant d'efforts pour me protéger.

Un grondement grave continu provient du salon plongé

dans le noir. Je traverse le couloir pieds nus et me fige en sentant ma poitrine se serrer.

Sam est endormi sur le canapé – si on peut appeler ça dormir. Il est manifestement en train de faire un cauchemar. Ses lèvres sont retroussées sur ses dents et ses pieds remuent comme s'il était en train de courir.

« Sam ? » Je m'approche et m'arrête devant lui.

Il ne m'entend pas, ne se réveille pas. Sa tête s'agite de gauche à droite et il serre les poings.

Je pose ma paume à plat sur son torse et réessaie : « Sam ?

— Mmm. » Sa respiration se calme. Il pose une main sur la mienne et respire profondément. Son torse musclé se soulève et redescend.

Satisfaite d'avoir interrompu son cauchemar, je retire ma main, mais il recommence immédiatement à s'agiter.

Je me mords la lèvre inférieure, hésitante. Est-ce que je ferais mieux de le réveiller ?

Il donne un coup de pied dans le vide et pousse un grondement inhumain. Son front est couvert de sueur.

« Sam. »

Il se tourne dans ma direction, agrippe mon avant-bras et marmonne quelque chose que je ne comprends pas. Ses paupières tressautent, ses yeux remuent rapidement en-dessous.

« Sam, tu es en train de rêver. »

Il fait un bruit pitoyable et me tire jusqu'à ce que je tombe sur lui, mon corps plaqué contre le sien.

Un grand frisson le traverse, puis il s'apaise. Sa respiration se calme. Ses bras se referment autour de moi. Il n'est pas très imposant, mais merde, il est fort. Je ne peux quasiment pas bouger. Je me trémousse, certaine que mon poids et mes mouvements vont le réveiller, mais rien à faire.

Je pose la tête contre son torse. Je ne compte pas passer la nuit sur lui, mais je suis trop tentée pour résister.

Dès que ma tête est calée contre son menton, je sens mon corps se détendre à son tour. Les battements de son cœur contre mon oreille me bercent, comme un bébé s'endormant sur la poitrine de sa mère.

Sam se remet à marmonner. Je crois entendre mon prénom, mais je n'en suis pas sûre.

« Comment ? »

Pas de réponse.

Je recommence à gigoter, mais il m'emprisonne toujours entre ses bras durs comme l'acier.

Tant pis.

Je vais m'assoupir ici en attendant. Il se réveillera probablement bientôt et se rendra compte de ce qui se passe.

~.~

Sam

J'ÉMERGE *de la fosse qui m'engloutit, m'enterre vivant. Les ténèbres se dissipent, le soleil est chaud sur ma peau. Je cours à travers une prairie, pourchasse un autre animal... non, pas un animal. Une femelle. Layne.*

Elle éclate de rire, ses longs cheveux noirs se soulèvent derrière elle comme un voile. Lorsqu'elle tourne la tête pour me regarder, pour s'assurer que je la suis, je ris. Je ne suis plus un loup. Je lui attrape la taille et la fais tourner, en laissant les rayons du soleil nous inonder. On tombe sur l'herbe couverte de fleurs sauvages. Je suis allongé sur le dos, elle au-dessus de moi. Elle écarte les jambes et me chevauche.

Le moment doux, tendre et joyeux prend une tonalité différente, beaucoup plus torride. Ses lèvres roses s'entrouvrent alors qu'elle approche sa bouche de la mienne.

Je donne un coup de bassin vers son entrejambe, agrippe ses fesses à deux mains et tire ses hanches vers les miennes.

Elle laisse échapper un petit feulement qui fait durcir ma queue. Je me déhanche et frotte ma bite gonflée dans mon jean contre son sexe brûlant.

Elle avait une robe, mais ça a changé ; elle ne porte plus qu'un boxer. Je glisse mes mains sous le tissu pour toucher son cul.

Un rayon de soleil brille directement dans mes yeux. Je bats des cils.

Et m'étouffe.

Ce n'est pas un rêve.

Layne est, en effet, allongée sur moi, et mes mains sont sous son short. La lumière du soleil éclaire le petit salon du mobile home.

Elle pousse mon torse comme si elle essayait de s'écarter de moi.

Je m'agite en-dessous d'elle. Comme si j'étais encore en train de rêver et que mon corps refusait de m'obéir, je ne semble pas capable de la lâcher. En fait, mes mains serrent ses fesses plus fort, massent la chair rebondie de la manière la plus possessive imaginable.

« *Sam.* »

Depuis combien de temps est-ce qu'elle m'appelle ?

Je la garde captive et lui donne un autre coup de bassin, incapable de me retenir.

Elle cesse de respirer et, que la lune me vienne en aide,

elle se frotte contre moi. Ses joues rosissent, sa longue chevelure se déploie autour de son visage.

Elle dormait ici ? Putain, comment est-ce arrivé ?

« Merde, Layne. C'est vraiment bon. J'essaie de te lâcher, mais je n'y arrive pas. » Un autre coup de reins. Je laisse mes doigts descendre plus bas, entre ses cuisses.

Bordel. Elle est mouillée pour moi. Je veux dire, *trempée*.

« Jolie Layne. Ma scientifique sexy », dis-je en chantonnant.

Elle pousse contre mon torse et cambre le dos jusqu'à ce qu'elle soit assise sur moi. La vue de ses seins ronds sous le T-shirt m'émerveille, ils sont presque assez tentants pour détacher une main de son cul et les toucher.

Mais non. Pas alors que je l'ai *juste ici*. Je lui donne un coup de bassin. Sa chaleur moite se frotte sur mon membre désespérément raide.

Et elle est autant excitée que moi. Ce ne sont plus mes mains qui la font bouger. Elle se déhanche, frotte son clitoris sur la bosse dans mon jean.

Je ne peux pas la baiser. *Je ne peux pas.*

Je vais devoir me contenter de l'option numéro deux : la goûter. Fébrile, je n'arrive pas à comprendre comment lui enlever le boxer tout en la gardant contre moi et ça me rend fou. Je la soulève par la taille, la pose sur mon visage et déchire le fond du boxer.

Elle pousse un petit cri mais ne cherche pas à m'arrêter.

Elle en a envie.

C'est ça, plus que tout le reste, qui m'excite. M'encourage. Je meurs d'envie de lui donner du plaisir, de la satisfaire.

Mon loup a *besoin* de la faire jouir.

Je lèche la fente de son sexe, l'ouvre. Le gémissement qu'elle pousse en réaction fait tellement gonfler ma bite que j'ai peur de péter mon jean. Elle se trémousse sur mon visage pendant que je donne des coups de langue à son clitoris. Je maintiens ses hanches, lèche et mordille ses lèvres avant de la pénétrer avec ma langue tendue.

Ses cuisses enserrent ma tête, leur tremblement fait monter d'un cran mon besoin brûlant. Quand j'aspire son clito dans ma bouche, elle pousse un cri et ses cuisses me serrent encore plus fort. Je continue, et elle continue de crier, crier, crier. De jouir, jouir, jouir.

« Sam, Sam, s'il te plaît ! »

Lorsque je la libère enfin des assauts de ma langue, elle tombe en avant sur le bras du canapé, épuisée.

Quelque chose craque en moi. Le contrôle auquel je m'accrochais, en me persuadant que je pouvais juste lui donner du plaisir sans en prendre, s'effiloche. En un instant, je suis au-dessus d'elle.

On dégringole du canapé. Je la plaque au sol, mon sexe dressé et prêt.

Elle rencontre mon regard et hurle.

Pas un cri de plaisir comme elle vient de m'en offrir. Un cri de terreur pure.

Elle lève les bras pour me faire reculer, et appuie ses paumes contre ma gorge.

Ma surprise étouffe le grondement que je laissais échapper sans m'en rendre compte. Je me jette sur le côté pour la libérer.

Merde.

Merde, merde, merde !

J'ai perdu le contrôle. Elle a dû voir mes crocs et croire que j'allais la tuer. Ce qui pourrait vraiment arriver, en fait. Mon loup ne lui veut aucun mal, mais une morsure de revendication pourrait être fatale pour une humaine. *Merde, je dois être prudent.*

J'essaie de calmer mon loup, mais le désir l'a rendu fou. Au lieu de reprendre le dessus, je mute. Mes vêtements explosent autour de moi.

Vite.

Je dois me casser d'ici avant de lui faire du mal.

Je dois courir. Fuir.

Je me précipite vers la porte, mais ne peux pas l'ouvrir. Contrairement à la maison de Jackson, où j'ai vécu ces dix dernières années, il n'y a pas de chatière ici. Je décris un cercle autour de la pièce, griffant les murs de mes pattes arrière.

La fenêtre.

Je bondis, fracassant la vitre sur mon passage, et fonce dans les bois pour m'éloigner du mobile home le plus vite possible.

CHAPITRE CINQ

*L*ayne

*P*UTAIN, *c'était quoi, ça ?*

Je me relève lentement, mais mes jambes tremblent tellement que je ne suis pas sûre de tenir debout.

Il y a du verre brisé partout autour de la fenêtre et je suis pieds nus. Je recule jusqu'à ce que mes fesses rencontrent le canapé.

Sam était en train de me donner du plaisir, et l'instant d'après je me suis retrouvée allongée par terre.

Non, une seconde. Ce n'était pas la partie perturbante. Cette partie était même complètement excitante.

Mais ensuite, ses yeux sont devenus jaunes et il avait des crocs. Il a poussé un grondement terrible. J'ai cru que j'étais en danger. Il a dû le penser aussi, sinon il n'aurait pas sauté par la fenêtre comme ça.

J'ignore combien de temps je reste assise sur le canapé. Au bout d'un moment, je me secoue et me lève.

Sam est parti. C'est peut-être un signe. Non que je sois portée à croire aux signes : je suis une scientifique. Mais tout de même. J'ai une chance de prendre mes jambes à mon cou en emportant mes recherches. Sam m'a promis de trouver un compromis, mais j'ai besoin de ces travaux. Je ne peux pas attendre qu'il me les donne.

C'est peut-être trop tard pour moi, mais je sais que ces recherches peuvent sauver des vies. J'ai juste besoin de pouvoir encore travailler dessus un moment. Maintenant que je sais d'où proviennent les cellules, je peux essayer de découvrir comment me servir de mes découvertes pour aider des humains. *Ça va marcher*.

Je cours jusqu'à l'ordinateur sur lequel Sam a branché le disque dur. Étonnamment, il l'a laissé là. Je le ramasse et m'approche doucement de la fenêtre brisée. Dans la poche du jean déchiré de Sam, je trouve les clés du fourgon. Pas le temps de m'habiller. J'enfile juste mes ballerines sans chaussettes, ramasse mon sac et sors comme je suis : avec un T-shirt transparent et un boxer d'homme déchiré à la culotte.

À situation désespérée, mesures désespérées.

Je sors du mobile home et cours jusqu'au véhicule avant de chercher la bonne clé. Le temps que je monte dans le fourgon et démarre le moteur, une sensation dure et froide s'est installée dans mon ventre. Quelque chose ressemblant à de la terreur, mais ce n'en est pas. C'est de la culpabilité.

Je reste sans bouger pendant plusieurs longues secondes. J'ai l'impression que c'est mal de partir.

Que c'est mal de laisser *Sam*.

Il a besoin de moi.

Non, ça n'a aucun sens. Pourquoi *Sam* aurait-il besoin de *moi* ? C'est lui qui m'a enlevée, qui a volé mes recherches.

C'est lui qui a la capacité de se régénérer quelques heures après avoir été blessé par balle.

Comment pourrait-il avoir besoin de moi ?

Et pourtant, je sais que c'est le cas, sans l'ombre d'un doute. Et qu'en l'abandonnant, je trahis le peu de confiance qui commençait à se former entre nous.

Je regarde le disque dur que j'ai posé sur le tableau de bord.

Pense à tes recherches. Elles pourraient sauver énormément de vies.

Je passe la première et commence à rouler. J'ai parcouru une quinzaine de mètres sur le chemin en terre lorsqu'une masse de fourrure noire se jette contre le fourgon. Je freine, mais pas avant qu'un loup de quatre-vingts kilos ne percute le pare-brise.

Je pousse un hurlement. « *Sam* ! » *Oh mon Dieu, mon Dieu, mon Dieu. Qu'il ne soit pas blessé.* Pendant quelques secondes, j'oublie que c'est peu probable. Je pose la main sur la poignée de la portière.

Avant que je puisse réagir, elle s'ouvre brutalement en manquant de s'arracher de ses gonds. Sam est là, nu et splendide, son expression orageuse. « Où est-ce que tu vas, Layne ? » Il n'est même pas essoufflé. Ses yeux se posent sur le tableau de bord et il voit le disque dur.

On veut le saisir au même moment, mais il est tellement rapide que ses mouvements sont flous. Il l'écrase dans son poing. Les morceaux de plastique tombent en éclats inutiles par terre.

« Sam... »

Il me tire hors du véhicule, mais mes pieds ne touchent jamais le sol. Il me pose sur son épaule.

« Sam ! » Je laisse échapper un gloussement, mais j'ai le bon sens de le réprimer. J'enlace sa taille, la tête en bas, pour essayer de rester stable. Je suis aux premières loges pour voir les muscles de ses fesses bouger pendant qu'il marche. Son corps musclé couvert de cicatrices se déplace avec grâce. Je n'ai jamais été du genre à reluquer les hommes, mais il pourrait sortir tout droit d'un calendrier sexy.

Il me ramène dans le mobile home et me lâche dans le salon. Une demi-seconde plus tard, ma poitrine est pliée sur le bras du canapé et ma culotte (ou plutôt, le boxer déchiré) est baissé sur mes cuisses.

Sam donne une tape sur mes fesses, fort.

« Aïe ! »

Sa paume s'étale sur ma fesse brûlante et il la serre entre ses doigts avec une lenteur délibérée.

L'atmosphère change entre nous. Sa colère devient une émotion plus sombre, teintée de besoin. Mon émoi s'apaise. Je connais ce jeu. On y a déjà joué tout à l'heure et j'ai *adoré* comment ça s'est terminé. Mais qu'est-ce qui empêchera son loup de chercher à m'attaquer à nouveau ? Surtout s'il est en colère.

Il me donne une autre tape, pas aussi forte que la première, puis en distribue six en alternant entre chaque fesse.

Ma chatte s'humidifie. La punition stimule tout ce qui se trouve en dessous de ma ceinture.

Sam prend une profonde inspiration, et sa main vient se refermer autour de ma gorge. Il me redresse et plonge sa main libre entre mes jambes. « Quelqu'un a aimé sa fessée. » Sa voix est rauque, très basse. Je suis bercée par la promesse de sexe que j'y entends. De satisfaction. Cet homme sait jouer de mon corps tel un *maestro*.

Et il ne servirait à rien de nier son observation. La preuve est là, entre mes jambes, collante et mouillée.

Un grondement grave résonne dans sa gorge, mais il a une

tonalité satisfaite. Plutôt comme un ronronnement, s'il est possible qu'un loup ronronne.

« Ton cul est parfait pour les fessées, Layne. » Il frotte mes fesses qui picotent, malaxe sans douceur ma peau. « Dans le monde des loups, la désobéissance est punie. » Une autre tape.

Je proteste sans grande verve. « Qu'est-ce que j'étais censée faire ? Tu es parti. »

Il administre encore trois autres tapes sur mon cul. « Je faisais de mon mieux pour *te protéger*. Et tu t'es tirée. »

Je pose la main sur mes fesses, mais il attrape mon poignet et m'assène une autre tape.

« Je suis désolée, Sam. » Comprenant que je ne suis pas en position de contester ses dires, je décide d'être sincère. « J'ai eu peur. »

Il me relève immédiatement, me retourne et prend mon visage entre ses mains. « Layne. Mon cœur. Je ne veux jamais que tu aies peur de moi. *Jamais.* » Le dernier mot est un grondement. « Je suis désolé. » Le désespoir déforme ses traits, ses yeux bleus hantés ont à nouveau l'air très vieux. Il pose son front contre le mien. Je suis très consciente de son corps nu si proche, sens l'extrémité de son membre raide effleurer ma chatte. Lorsque je baisse les yeux, il se hâte de remettre le boxer déchiré en place.

« Je dois garder ma bite loin de toi. Je ne sais même pas comment c'est arrivé. Déjà, qu'est-ce que tu faisais sur le canapé avec moi ? Je t'avais pas dit de verrouiller la porte ?

— Tu faisais un cauchemar. »

Il ferme les yeux. « J'en fais chaque minute de chaque nuit. » Son ton est défaitiste. « Et je serais *particulièrement* dangereux si tu me réveillais à ce moment-là. »

Je secoue la tête d'un air buté. J'ai interrompu son cauchemar. Je le sais.

Il pose à nouveau son front contre le mien. « C'est vraiment mignon de t'inquiéter pour moi. » Ses lèvres sont si proches. J'ai envie qu'il m'embrasse encore, comme il l'a fait hier soir. Je suis déboussolée et stressée. La seule chose qui semble avoir du sens, c'est ce que je ressens lorsqu'il me touche. « Tu veux que je termine ta fessée ? murmure-t-il contre mes lèvres.

— Et si tu perds le contrôle ? » Je me dois de poser la question.

Il me fait lentement pivoter. « Ça n'arrivera pas. C'est promis.

— Comment est-ce que tu peux en être sûr ? » Le silence me répond, et je regrette d'avoir insisté. J'ai envie de la fessée. Et de ce qui vient ensuite.

« Perdre le contrôle, ça signifierait te perdre. » Sa voix est nouée. « Mon loup t'a vue partir. Il ne prendra pas le risque que ça arrive encore. »

Je ne suis pas sûre que son hypothèse tiendrait toujours la route sous un examen approfondi, mais je suis prête à l'accepter pour le moment.

Il frotte mes fesses par-dessus le boxer. « Dis-moi ce que tu veux, mon cœur. »

Je suis contente de lui tourner le dos, parce que je sens mes joues chauffer. « Tu le sais, dis-je en marmonnant.

— Ah oui ? » Le ronronnement est de retour. « Une autre fessée ? Tu aimes aussi être attachée, je me trompe ? » Il rassemble mes poignets dans mon dos et les tient dans une main.

Ma chatte se contracte. Ouais. J'aime être attachée, aucun doute.

Il baisse le boxer sur mes cuisses. « Si tu étais ma compagne, je te donnerais la fessée toutes les nuits. » Sa main s'écrase brutalement sur ma chair, puis frotte la piqûre.

« Pourquoi ? » C'est ridicule, mais je suis moins froissée par sa punition physique que par son affirmation que ce serait nécessaire. Après tout, je suis une fille bien. J'ai été une fille bien toute ma vie. J'ai grandi avec une mère malade et j'ai compensé le manque en travaillant dur, en étudiant d'arrache-pied.

Puis je suis tombée malade à mon tour.

Donc non, je n'ai jamais eu le temps d'être *désobéissante*.

« Parce que ton cul est tellement... *fessable*. »

Ah. Je préfère largement cette idée. Alors qu'il me donne une autre tape, de l'air s'échappe de ma bouche, mi-rire, mi-gémissement.

« Si tu étais ma compagne, je t'attacherais jambes écartées et je te ferais jouir encore et encore jusqu'à ce que tu me supplies d'arrêter. »

Le frisson qui me traverse a des proportions tsunamiques. Est-ce vraiment un mot ? Mon sexe se contracte, je serre les fesses.

Sam éclate de rire et me flanque encore deux tapes rapides. Il appuie sur mes épaules pour faire remonter mes hanches et me pénètre avec ses doigts.

Je donne des coups de pied, en voulant instantanément plus.

« S'il te plaît », dis-je d'un ton implorant.

Il fait tourner ses doigts, les plie et, *oh Seigneur*, touche encore une fois mon point G.

Je pousse un cri, un courant électrique parcourt mes veines. Mes jambes se raidissent tandis que Sam fait aller et venir ses doigts, en touchant le point magique *à chaque fois*.

Toutes sortes de bruits dingues sortent de ma bouche, comme si c'est moi qui étais l'animal, pas lui.

« S-s'il te plaît. S'il te plaît ! »

Lorsque son pouce se loge entre mes fesses, je me tortille,

gênée, mais il me tient fermement. Il trouve l'entrée de mon anus et appuie doucement dessus tout en me baisant avec ses doigts. « Jouis pour moi, Layne. Vas-y. Laisse-toi aller. »

Je crie contre les coussins du canapé alors qu'il s'enfonce en moi jusqu'à ce que ses jointures frottent contre mon clitoris. Mes muscles se resserrent autour de ses doigts, mes pieds se lèvent en l'air et je jouis, jouis, jouis.

Et jouis encore.

La puissance de l'orgasme qu'il me donne en n'utilisant que ses doigts est ridicule. Ça ne semble pas possible.

Je m'effondre, tremblante et faible. Complètement épuisée.

Sam retire ses doigts et embrasse mes fesses, puis il me relève et me tourne vers lui. Je remonte le boxer avant qu'il ne m'assoie sur le bras du canapé. « Reste là, dit-il d'un ton autoritaire. Je vais ramasser le verre. »

Je saute du canapé. « Je dois aller aux toilettes. »

Avec un petit sourire, il me soulève et me pose contre sa hanche, comme un enfant, et traverse la zone couverte de bris de verre. Je commence à protester mais je me rappelle à quelle vitesse il cicatrise.

Il me pose à l'entrée de la salle de bains, où a eu lieu notre premier rapprochement.

Mes doigts tremblent alors que je referme la porte.

Merde, je ne sais pas ce qui m'arrive. Je me disais que c'était juste un peu de plaisir. Ce que je ne m'autorise normalement jamais. Mais au fond, je sais que c'est un mensonge. Je suis en train de m'attacher à Sam. Un loup. Un métamorphe. Une personne que je ne peux pas avoir.

Même si je n'étais pas en train de mourir.

~.~

Sam

JE PARVIENS à enfermer mon sexe douloureux dans un jean et enfile un T-shirt. Je dois aussi trouver des vêtements pour Layne.

Ce que je lui ai dit est vrai.

Mon loup a flippé en la voyant partir. Il s'est terré tout au fond de moi.

J'appuie néanmoins mes pieds nus contre les éclats de verre pendant que je nettoie pour sentir la douleur provoquée par les petites coupures. Je la mérite.

Je n'arrive pas à croire que j'ai failli marquer Layne. Je lui ai fichu une trouille bleue. Elle ne mérite pas ça. Elle ne mérite pas la dose massive de folie qui m'accompagne à tout moment, juste en dessous de la surface. Je ne peux pas faire entrer ça dans sa vie.

Mais je ne peux pas non plus dire qu'elle aurait été mieux sans moi. Si je ne l'avais pas enlevée du labo de DataX, ce n'était qu'une question de temps avant qu'ils fassent des expériences sur elle ou qu'ils la tuent.

Je connais les méthodes de Smyth.

Mon portable prépayé sonne. Je baisse les yeux vers l'écran et vois le numéro de Kylie, la compagne de Jackson.

J'accepte l'appel. « Oui, je suis toujours vivant.

— Ouais, ben tu aurais pu me le faire savoir plus tôt. Mémé était inquiète, et moi aussi. Je viendrais te chercher en Californie si je ne devais pas m'occuper d'un *nouveau-né*. Qu'est-ce que tu fous ? »

Quand Jackson s'est intéressé à une humaine, ça ne m'a pas plu. Pas parce que ça bouleversait ma vie quotidienne de parasite chez mon alpha multimillionnaire et mon seul ami, mais parce que je craignais qu'elle ne lui attire des ennuis, et aussi parce que les humains et les métamorphes ne se mélangent pas.

Mais il s'est avéré qu'elle avait du sang de métamorphe. Quand elle est tombée enceinte de Jackson, le bébé a apporté à son corps ce dont il avait besoin pour déclencher sa première mutation.

Je parie que Smyth adorerait étudier le phénomène.

Laurie, un des autres prisonniers du labo, avait une théorie sur Smyth. Selon lui, il était défectueux, un métamorphe incapable de muter, et c'était pour cette raison que ses recherches l'obsédaient autant.

« J'ai localisé un autre labo. Celui des données, cette fois. » Kylie m'a aidé à trouver le laboratoire d'expériences en Utah il y a quelques mois. Celui que j'ai fait sauter après l'avoir fouillé.

« C'est pour ça que tu es là-bas ? Tu l'as détruit ?

— Pas encore. » Je regrette déjà l'accord que j'ai passé avec Layne, mais ce problème pourrait être corrigé. « J'ai volé les données et les ai effacées sur leurs serveurs. Oh, et j'ai emmené un de leurs scientifiques avec moi. » Elle l'apprendra probablement bien assez tôt. Kylie est une experte en sécurité de l'information. Si ses efforts de recherche sont focalisés sur moi, elle fera immédiatement le lien avec la scientifique disparue.

« *Sam.* »

Même si elle ne peut pas me voir, je hausse les épaules.

« Attends. Laisse-moi deviner. C'est une fille ?

— Qu'est-ce qui te fait dire ça ?

— Vous les loups, vous avez un penchant pour retenir la fille qui vous plaît contre sa volonté avant de la prendre pour compagne.

— Ce n'est pas une louve », je lâche en grommelant. Le mot *compagne* résonne et se cogne comme une boule de bowling dans ma tête. Kylie a raison. Si Layne était une louve, je l'aurais marquée comme mienne il y a douze heures. Mais c'est juste le signe que mon loup est taré. Pourquoi choisirait-il une humaine ? Et une humaine de DataX, rien que ça. Endurer des tortures pendant mes années de puberté a probablement imprimé des instincts tordus en moi.

« Je ne suis pas une louve non plus, me rappelle Kylie.

— Ce n'est pas une métamorphe, je veux dire. » Mais alors que je parle, je me souviens que le chef de la meute de Tucson, Garrett, a enlevé une humaine et en a fait sa compagne. « On ne peut pas être ensemble. » Aucun doute là-dessus. Mon ton est plus sec que je n'en avais l'intention. L'idée que Layne ne *puisse pas* être ma compagne me tape sur les nerfs. « Écoute, j'ai besoin d'aide. J'ai des dossiers sur d'autres métamorphes qui ont subi des expériences. Tu peux m'aider à les localiser ?

— Bien sûr. Envoie-moi les informations.

— J'ai transféré les données sur notre serveur privé. J'essaie de trouver des infos qui me mèneront jusqu'à Smyth. Oh, et Kylie ? Deux choses. Primo, je pense que le gouvernement pourrait être impliqué. Smyth était un médecin militaire. J'ai trouvé des photos de lui avec le lion métamorphe que Tank a libéré dans le complexe en Utah. Ils portent des uniformes. Ça expliquerait les financements et la sécurité renforcée. Et deuzio, Santiago était ici. Dis-le à Garrett, il voudra le savoir. »

Santiago est le métamorphe qui a organisé l'enlèvement de la sœur de Garrett. Depuis, sa meute et celle de son beau-frère au Mexique sont à sa recherche.

« Compris. Je te tiendrai au courant. Réponds à mes messages la prochaine fois, d'accord ?

— J'essaierai », je marmonne avant de raccrocher.

Même si j'ai senti Layne entrer dans la pièce, lorsque je me retourne, je reste béat devant sa beauté. Ses cheveux noir corbeau contrastent contre sa douce peau pâle. Elle est plus merveilleuse que toutes les descriptions de Blanche-Neige que j'ai jamais entendues. Elle a remis sa robe de la veille. Quand je me rappelle que je l'ai remontée pour dénuder ses fesses, ma première découverte de sa peau galbée, mes testicules déjà douloureux se contractent.

Elle s'éclaircit la gorge. « Qui était-ce ? »

Je suis déstabilisé par son attitude sur la défensive, ses épaules crispées, la façon dont elle semble retenir son souffle. Puis je comprends. Elle a entendu une voix de femme.

Elle est *jalouse*.

Cette prise de conscience ne devrait pas me faire autant plaisir. J'ai l'impression de grandir, de sentir mon torse s'élargir.

« La compagne de Jackson, mon frère de meute. »

Ses épaules se détendent et elle penche la tête. « Est-ce que ça ne fait pas d'elle ta sœur de meute ? »

Je réfléchis un instant. « Je suppose. Mais ce n'est pas une louve. C'est une panthère. »

Layne enregistre l'information, son regard intelligent pétille. « Où est-ce qu'ils habitent ? »

Je n'hésite qu'une seconde. Je n'ai rien à cacher à Layne ; elle n'est pas une ennemie. « À Tucson.

— C'est de là que tu viens ?

— Je viens d'un tube à essai dans un labo. » L'amertume transparaît dans ma voix. « Je me suis échappé du labo de Smyth, Jackson a fini par me trouver dans la montagne et il m'a recueilli. Quand il a déménagé à Tucson, je l'ai suivi. » J'étais un gamin dangereux et traumatisé, mais Jackson n'est pas un cadeau non plus. Nous avons formé une alliance réticente. « En gros, il m'a laissé tranquille, m'a laissé vivre chez lui gratis et en échange, j'ai promis de rester. Lorsque j'en avais marre et que l'animal prenait le dessus, je me faisais la malle. Il me retrouvait et me forçait à reprendre forme humaine. Me ramenait chez lui par la peau du cou. Au bout d'un moment, on a fini par se faire confiance. Par se protéger mutuellement. »

Elle hoche la tête. « Sam ? »

Putain, la vulnérabilité dans son regard alors qu'elle lève les yeux vers moi touche mon loup en plein cœur. Il est soudain prêt à la défendre jusqu'à la mort. « Oui, docteur ?

— Je dois passer à mon appartement. »

Je secoue la tête. « Impossible. Ils t'attendront là-bas. » J'essaie de deviner ce dont elle a besoin. « On peut s'arrêter quelque part pour t'acheter des vêtements et une brosse à dents. Tout ce qu'il te faut. »

Elle se mordille la lèvre, et je me prends à souhaiter que ce soient mes dents qui glissent sur sa chair rose. « Je dois passer à mon appartement », répète-t-elle.

Je fais un pas vers elle en fronçant les sourcils et capture son menton dans ma main. « Dis-moi pourquoi. »

Je sens son pouls s'affoler sous mes doigts, sa poitrine se soulève rapidement. « Je... euh, je dois aller chercher une ordonnance. Pour ma pilule. »

Je penche la tête en sentant que ce n'est pas la vérité. Pourquoi ment-elle ? Je ne prétends pas avoir énormément d'expérience avec les femelles, mais jusque-là, je croyais comprendre Layne. « Je suis désolé, je ne pense pas que ça vaille la peine de risquer nos vies. Toi si ? »

Elle semble dépitée, mais secoue la tête. Je lui demande presque de me dire la vérité. Après ce qu'on a vécu, j'espérais qu'on avait dépassé le stade de la méfiance.

Mais bon, qu'est-ce que je connais aux relations humaines ?

Rien du tout, voilà quoi.

Et je ferais mieux d'arrêter de faire comme si on pouvait être ensemble. Ça n'arrivera pas. Elle est promise à un grand avenir.

Moi, il ne me reste que la vengeance.

~.~

Layne

Ma main tremble légèrement. Je serre le poing. Sam est à la table, en train de travailler sur son ordinateur. Je me détourne pour qu'il ne le remarque pas. Je masque mes symptômes, comme ma mère avait l'habitude de le faire.

La maladie de Barrington progresse lentement. Manquer les premiers signes est facile, à moins de savoir quoi chercher ; par exemple, si vous avez vu un proche en mourir lentement sous vos yeux. Ma mère n'a pas su reconnaître les signes avant d'être mère. Sinon, elle se serait peut-être mieux renseignée et aurait décidé de ne pas m'avoir. Pour ne pas laisser sa fille orpheline.

J'ai besoin de mon traitement. Pourquoi ne pas simplement l'avoir dit à Sam ?

Parce que je n'ai pas envie que ça se termine. Ce *truc* entre Sam et moi. Je ne peux pas être en couple. Je ne lui ferai pas ce que ma mère a fait à mon père. Mais maintenant que j'en ai eu un aperçu, je suis assez égoïste pour vouloir aller un peu plus loin.

Ce n'est pas tant demander de vouloir une incroyable expérience sexuelle avant de mourir, si ?

Je me dirige vers la petite cuisine et contourne la table. Sam ne bouge pas un muscle, son visage parfait illuminé par l'écran. Il est vraiment beau, pour un homme. Une structure osseuse presque parfaite. Et son corps musclé... pas le moindre défaut. À part les cicatrices.

Pour la première fois, j'ai une autre raison de vivre à part mes recherches. Je ne suis pas vierge ; je n'ai pas eu beaucoup de petits amis au lycée et à la fac, mais suffisamment pour barrer le sexe de ma courte liste de choses à faire avant de mourir. Mais je n'ai jamais ressenti quelque chose de comparable à ce qui se passe entre Sam et moi. Je ne devrais pas avoir des sentiments pour quelqu'un que je viens de rencontrer, mais j'ai envie de voir où ça nous mène. Juste un peu plus, et je m'éloignerai. Je lui parlerai de ma maladie. Il a été clair sur le fait qu'il ne pouvait pas être en couple, lui non plus, donc ça ne fera de mal à personne.

Des images défilent sur l'écran de l'ordinateur.

Je demande avant de pouvoir m'en empêcher : « Qu'est-ce que tu regardes ? »

Il met la vidéo en pause mais ne se tourne pas vers moi. « Des enregistrements d'expériences de DataX. Le projet Alpha. » Je n'ai jamais entendu une voix aussi impassible et emplie de souffrance à la fois.

Je déglutis. « Je peux voir ? »

Il se lève et attend que je prenne sa place. L'image en pause montre une pièce, filmée depuis une caméra au coin d'un mur. Une silhouette floue se trouve à l'intérieur. J'agrippe les bords de la chaise au moment où il appuie sur *play*.

Un homme est debout dans l'espace exigu, torse et pieds nus. L'angle de la caméra permet de distinguer les trois quarts de la pièce. Elle ne contient qu'un lit de camp, et les murs et le sol sont en béton.

C'est une cellule. L'homme à l'intérieur est un prisonnier. Sa manière de ne pas bouger et de se tenir bien droit me fait penser à un soldat sur le point de faire le salut militaire.

« Qui est-ce ?

— Brian Nash Armstrong. Il se fait appeler *Nash*. Un lion métamorphe », murmure Sam.

La porte s'ouvre ; les épaules de l'homme se contractent, mais il ne bouge pas. Trois hommes en noir entrent dans la petite pièce et braquent leurs armes sur le prisonnier à moitié nu. Deux autres arrivent en tenant entre eux une femme vêtue d'un habit blanc.

J'étouffe un petit cri lorsque les deux gardes poussent la femme en avant et déchirent son vêtement, à peine plus qu'un drap. Désormais nue, elle trébuche sur l'homme. Il l'entoure de ses bras et l'empêche de tomber tandis qu'elle se blottit contre lui. Son épaisse chevelure rouge masque son visage, qu'elle presse contre le torse nu de Nash. Il pivote son corps de manière à la cacher de la vue des hommes en noir. Sa bouche remue. Il dit quelque chose pendant que les types reculent, mais ils referment la porte et le laissent seul avec la femme.

Sam tend le bras et met la vidéo en pause.

« Qu'est-ce que c'était ? » Ma voix tremblote.

« Une des branches du projet Alpha. Le programme de reproduction. » Il tape sur le clavier et une autre vidéo apparaît. Le même homme, Nash, est attaché à une table et des électrodes reliées à des fils sont collées sur différentes parties de son corps. Il est amaigri, son visage est blême et émacié.

« Voilà l'autre branche. »

Les mots « Test d'endurance 173 » apparaissent sur l'écran puis disparaissent une seconde avant que le corps de Nash se contracte, ses jambes sont prises de tremblements incontrôlables pendant qu'une personne hors-champ fait passer une espèce de courant électrique à travers son corps. Des griffes apparaissent à la place de ses doigts, les convulsions s'emparent de tout son corps et il retrousse les lèvres en un cri silencieux.

« Oh mon Dieu. » Je me détourne. Sam arrête immédiatement l'enregistrement, se penche et me prend sur ses genoux. Je me blottis contre lui, un peu comme cette pauvre femme qui s'accrochait à Nash dans la cellule d'un laboratoire de DataX.

Les cellules du projet Alpha. Des personnes torturées et forcées de s'accoupler. Qu'ai-je fait ?

« Tu n'y es pour rien, Layne. » Je réalise que j'ai parlé tout haut. « Tu ne savais pas. Ce n'était pas ta faute. »

Je glisse mes mains sous son T-shirt à la recherche du réconfort de sa peau tiède. Je trace le contour de ses cicatrices du bout des doigts. Il reste immobile, me laisse le toucher.

« Ils t'ont fait du mal, dis-je en un gémissement plaintif.

— Chhh. » Son ton est apaisant. « Tout va bien. C'était il y a longtemps. » Il m'enlace la taille. « Tu trembles », ajoute-t-il d'un air surpris.

Merde. Ce n'est pas seulement à cause de la vidéo. C'est ma maladie.

« J'ai juste... faim. Il y a quelque chose à manger pour le petit-déjeuner ? »

Sam laisse échapper un juron, me lâche et va ouvrir les placards. Il grommelle à nouveau en passant en revue les boîtes de conserve.

« Ce n'est pas grave. » Je ne sais pas pourquoi je ressens le besoin de l'apaiser, mais il a l'air en colère de ne pas avoir de petit-déjeuner convenable à me proposer. « Je ne mange presque rien le matin, de toute façon. Juste une barre de céréales ou un fruit. »

Il se retourne vers moi avec une expression incrédule. « Tu te tues pour ces recherches. »

Je fais un pas en arrière, vexée par son accusation.

La souffrance assombrit son regard avant qu'il ne lâche une autre grossièreté et donne un coup de poing dans le comptoir. « Allez, viens », dit-il sèchement en me prenant la main.

Je me libère. « Non, ça va. Je ne sais pas pourquoi tu réagis comme ça. »

Il s'arrête et lorsqu'il rencontre mon regard, le regret creuse des rides sur son visage juvénile. « Je m'en veux juste d'avoir oublié tes besoins. Et j'en veux à DataX de t'avoir volé ta vie. S'il te plaît. Laisse-moi t'offrir un petit-déjeuner. Je te dois bien ça, au grand minimum. »

Putain, il est fort pour transformer une expression torturée en tentative de charme. Je secoue la tête, mais un sourire flotte sur mes lèvres. « Tu es dingue. »

Il hausse les sourcils. « Aucun doute là-dessus, mon cœur. » Il tend la main, sans prendre la mienne de force cette fois, me proposant juste la sienne.

J'entrelace mes doigts aux siens. « D'accord. »

Son sourire est une récompense éblouissante. Il prend son téléphone et les clés du fourgon avant de m'entraîner dehors.

Je respire l'odeur des pins et l'air frais de la montagne pendant qu'il verrouille le mobile home. C'est agréable, telle-ment frais et revigorant. Quand est-ce que j'ai fait attention à la nature pour la dernière fois ? Je n'arrive pas à m'en souve-nir. Avant la mort de ma mère, peut-être.

Une fois dans le fourgon, Sam nous fait descendre la montagne et on roule jusqu'à San Diego. Il trouve une place le long d'un trottoir dans le centre-ville et me tire vers un magasin où il m'achète une brosse à dents, un T-shirt, des sous-vêtements et un legging. Il insiste pour jeter ma robe et ma blouse blanche dans une benne à ordures à cause de quelque chose qu'il appelle les *sillages olfactifs*.

On s'installe ensuite dans un café hipster. Soudain affamée, je commande des *huevos rancheros* avec de l'avocat et une tasse de café.

Sam semble satisfait. Il commande assez de nourriture pour cinq convives.

Des frissons dans ma nuque font trembler ma tête, mais pas assez fort pour que Sam le remarque.

Je décide de retenter ma chance. « Mon appartement n'est pas loin d'ici. On pourrait passer devant et voir si la voie est libre. »

Sam plisse les yeux. « Dis-moi de quoi tu as besoin là-bas, Layne. »

Je me mordille la lèvre. Dommage qu'il perçoive tant de choses. « Rien. Tant pis. Tu as raison, ça n'en vaut pas la peine. »

Il me regarde un long moment. « Tu es de San Diego ? »

Une vague de malaise me traverse. Il y a de la méfiance sous le ton détaché de sa question, probablement parce qu'il sait que je lui cache quelque chose. C'est peut-être pour ça que je lui en révèle plus que je n'en avais l'intention.

« J'ai grandi à San Francisco. Dans Chinatown. » J'ai l'habitude qu'on me pose des questions quand on apprend d'où je viens, mais je continue : « Ma mère est morte quand j'avais huit ans. Mon père ne s'en est jamais remis. Il est professeur de biologie. Il a accepté un poste à Londres quand je suis entrée à l'université, donc je n'ai plus vraiment de chez-moi. »

Sam est devenu complètement immobile, comme si je lui

révélais les secrets de l'univers. « Tu lui rends visite à Londres ? »

Je ne sais pas pourquoi je rougis. Parce que je suis une mauvaise fille qui n'a aucune envie de voir l'homme brisé qu'est devenu mon père, je suppose. « Non. » Je bois une gorgée de café. Ça accentuera les tremblements, mais le goût amer et familier me rassure.

« Et toi ? Tu n'es pas né dans ce labo, si ? » Mon ventre se noue quand je pense à son passé traumatisant.

« Presque. J'étais une expérience *in vitro*. Je ne sais pas exactement pourquoi on m'a fait naître. Mon certificat de naissance liste une humaine comme ma mère, mais il y a peu de chances pour que je ne sois qu'à moitié métamorphe. J'ai grandi en familles d'accueil jusqu'à la puberté, quand j'ai muté pour la première fois. Un jour, on est venu me chercher à la sortie de l'école et on m'a emmené dans le laboratoire où j'ai passé les quatre années suivantes à me faire tester. »

Je lutte contre les larmes qui emplissent mes yeux et encombrent ma gorge. Je force les mots à sortir de ma bouche : « Et ensuite ? »

Les iris de Sam prennent une lueur jaune, son regard part dans le vague. Il serre les poings.

Sans réfléchir, je tends le bras par-dessus la table et touche son bras. Il tremble plus que je ne le fais sans mon traitement.

« Sam ? » Je caresse et serre son poing crispé. Je l'appelle pour le faire revenir dans le présent, le ramener de là où il est parti, où que ce soit. « *Sam*. »

Il cligne rapidement des yeux, son regard se reconcentre. Après un moment, ses doigts se desserrent et il me laisse lui ouvrir la main. Ses yeux retrouvent leur couleur bleu pâle.

« Qu'est-ce qui se passe quand tu es comme ça, Sam ? Tu as un flashback ? »

Il ôte sa main de la mienne comme si je l'avais mordu et se frotte le front. « C'est... Je ne sais pas. Pas un flashback. Je perds le contrôle.

— Le contrôle qui te maintient humain. »

Il hoche la tête. « Oui. »

J'ai envie de faire le tour de la table et de le serrer dans mes bras. De m'asseoir sur ses genoux, de l'embrasser dans le cou et de lui dire de rester avec moi. Le désir de prendre soin de lui est si puissant qu'il me stupéfie.

Je ne me suis rapprochée de personne depuis que ma mère est morte et que mon père s'est retranché en lui-même. Mais dès le début, les choses ont été différentes avec Sam.

~.~

Sam

LAYNE ME PREND la main et la pose sur son visage.

La cacophonie métallique dans mes oreilles s'atténue immédiatement. Mon cœur qui tambourine ralentit. J'inspire profondément puis un frisson me traverse, comme si toucher Layne avait remis mon corps à zéro.

Je lui avoue : « Tu m'aides et tu fais empirer les choses à la fois. »

Elle hausse un sourcil. « Ah oui ? » Je lui fais un sourire triste. « Tu arrives à calmer la bête en moi... sauf quand je suis excité. Dans ces cas-là, je ne réponds plus de rien.

— Raconte-moi ce qui s'est passé. Comment est-ce que ça s'est terminé... les tests ? »

Le bruit de métal broyé recommence. Je secoue la tête. « Pas maintenant. »

Elle a l'air sur le point de protester, mais la serveuse apporte nos plats. J'attends qu'elle commence à manger avant de m'empiffrer. Merde. Elle est si fragile, putain. Ça me tue de savoir qu'elle a connu de longues années de stress, entre ses études et ses recherches. Elle mérite de vivre, de vivre réellement. Et j'ai envie de lui montrer comment faire, à partir d'aujourd'hui.

Mais putain, qu'est-ce que j'y connais ? Toute mon existence a été tournée vers la survie ou la vengeance. Je ne sais pas profiter de la vie, et je saurais encore moins apprendre à Layne comment faire.

CHAPITRE SIX

Je me mords les lèvres lorsque Sam s'arrête devant une vieille maisonnette à Chula Vista. J'ai remarqué que Sam avait un superpouvoir, en plus de sa nature de métamorphe. Son regard dégage une intensité digne d'un rayon tracteur qui vous aspire et ne vous relâche pas. Jusqu'à ce que vous vous retrouviez en cavale, en train de rendre visite à des inconnus dans des maisons décaties pour essayer de faire tomber une entreprise malveillante qui est aussi accessoirement votre ancien employeur. Sinon, comment puis-je expliquer le tournant qu'a pris ma vie au cours des dernières vingt-quatre heures ?

« Rappelle-moi ce qu'on fait ici ?

— Quelqu'un est en train d'examiner les données que j'ai volées à DataX pour trouver un indice menant à Smyth. Pendant ce temps, je vais essayer de localiser Nash.

— Le lion métamorphe ?

— Ouais. Il s'est porté volontaire pour participer au programme. J'ai l'impression qu'il en sait plus sur les projets de DataX. Il saura peut-être même où se planque Smyth.

— Et tu penses qu'il est ici ? » Je jette un regard en coin à la maisonnette délabrée.

« Non. Mais je pense que celui qui vit ici sait où le trouver. » J'aimerais protester, mais Sam est déjà sorti du fourgon et a ouvert ma portière. « Viens. »

Je monte les marches grinçantes derrière lui. Avant que Sam ne puisse toquer, la porte s'ouvre. Un homme grand et maigre, avec des lunettes épaisses qui grossissent ses yeux, nous regarde fixement en battant des cils.

« Monsieur Lawrence ? » demande Sam.

Impossiblement, les yeux de l'homme s'agrandissent encore plus. « Qu-qu-qui..., bégaie-t-il avec de petites saccades involontaires de la tête.

— On a besoin d'entrer », dit Sam en le poussant à l'intérieur. Je le suis avec un sourire de compassion au pauvre M. Lawrence, dont les sourcils se haussent avec inquiétude. Je suis contente de ne pas être la seule à être affectée par le charisme si particulier de Sam.

Notre hôte ferme la porte à contrecœur et nous nous dirigeons vers le salon. L'intérieur de la maison est propre, rangé.

« Qu-qui êtes-vous ? » Lorsque l'homme termine sa question, sa pomme d'Adam remonte furieusement.

« Regarde-moi. Ça va te revenir. »

L'homme maigre considère Sam pendant quelques secondes, puis il recule en chancelant. Sam le rattrape et l'aide à s'asseoir sur une chaise près de la porte. L'homme se plie proprement dessus, en tremblant encore plus violemment qu'avant.

« Tout va bien, dis-je d'un ton rassurant. Nous n'allons pas vous faire de mal. »

L'homme flageolant nous regarde en clignant des yeux. « S-s-s-am ?

— C'est moi, Laurie », répond doucement Sam. Il remonte une manche pour lui montrer ses cicatrices. L'homme sur la chaise se saisit de l'avant-bras de Sam avec brusquerie. Sam reste immobile, sourcils froncés, son regard triste pendant que M. Lawrence examine les cicatrices sous les tatouages.

« Je te croyais mort », dit-il, stupéfait.

Sam se laisse tomber sur le canapé en face de Lawrence et de la porte, et je l'imite.

« Je suis presque mort. » Sam me lance un regard en coin avant de poursuivre. « J'ai perdu le contrôle sur mon animal. J'ai vécu à l'état sauvage pendant un temps, mais un loup alpha m'a trouvé. Il m'a maîtrisé jusqu'à ce que j'arrive à reprendre forme humaine. »

M. Lawrence hoche la tête, pris de tics presque constants.

« Est-ce que vous allez bien ? Vous avez besoin de quelque chose ?

— Je vais bien, me répond-il en secouant la main. J'ai eu une procédure médicale il y a quelques années. Elle a eu des... conséquences.

— Attendez. » Mon regard fait des allers-retours entre Sam et lui. « C'est comme ça que vous vous êtes connus ? On a fait des expériences sur vous aussi ?

— Elle est au courant ? » Lawrence se tourne vers Sam, ses yeux alarmés derrière les verres des lunettes.

« En partie. Pas de tout. Pas encore.

— Qui est-ce ?

— Elle est avec moi.

— Je m'appelle Layne, dis-je.

— Oh, pardonnez-moi, où sont mes manières ? Je suis Laurie.

— Laurie Lawrence ?

— C'est ça. Excusez mon impolitesse, continue-t-il comme si nous n'avions pas déboulé chez lui sans prévenir. Vous voulez boire quelque chose ? De l'eau, peut-être ?

— Ça ira, répond Sam alors que je dis : Volontiers. »

Sam hausse un sourcil dans ma direction pendant que Laurie se lève et sort lentement du salon.

« Quand quelqu'un te propose de boire quelque chose, c'est poli d'accepter. » C'est une des petites règles de ma mère.

« J'en savais rien », marmonne Sam, et un élan de tristesse pour lui me pince la poitrine. À quoi a ressemblé son enfance ? Je me pose tant de questions à son sujet.

Il frotte distraitement mon dos.

Lorsque Laurie revient et me donne un verre d'eau, ses tics se sont calmés. Du moins, jusqu'à ce que Sam se penche vers lui avec un regard intense. « Je suis à la recherche d'un métamorphe appelé Nash. Il a aussi subi des expériences, après notre évasion. Tu le connais ?

— Nash, le lion ? Tu es s-s-sûr ?

— Affirmatif. C'est le chaînon manquant.

— Il est arrivé il y a quelques mois. Je n-n-ne savais pas qu'il était impliqué. Il est... » Laurie secoue sèchement la tête. On dirait un nouveau tic nerveux.

« J'ai lu son dossier. Il est entré dans le projet très tôt. Laurie, il s'est porté volontaire.

— Tu as lu son dossier ? » Laurie saute de sa chaise et commence à faire les cent pas. « Comment ?

— Je l'ai volé hier dans un labo de DataX.

— Tu... » Laurie se remet à trembler des pieds à la tête. Il me rappelle un oiseau, avec ses mouvements nerveux et ses lunettes qui grossissent ses yeux. « Le complexe en Utah. L'incendie. C'était toi ?

— En fait, c'était une explosion, répond Sam. Mais oui. C'était moi. »

Laurie reste coi. Je joins mes mains pour les empêcher de trembler. Sam est le seul parmi nous qui ne semble pas s'inquiéter d'avouer un acte de terrorisme.

Notre hôte continue de tourner en rond en marmonnant dans sa barbe.

« Laurie, dit Sam en se levant. Regarde-moi. » L'homme nerveux s'exécute, et Sam soutient son regard, activant la puissance des rayons tracteurs de ses yeux. « Je ne suis pas une menace pour toi, ni pour lui. J'ai juste besoin de lui parler.

— Ça ne va pas lui plaire.

— Donc, tu sais où le trouver. » La voix de Sam a une note de triomphe.

Laurie pousse un soupir, palpe ses poches puis touche ses lunettes comme pour s'assurer qu'elles sont toujours là. « Je... »

Sam l'interrompt d'un mouvement et fait signe à Laurie de se mettre dans le coin de la pièce.

« Qu... ? » Sam pose son index sur ses lèvres avant de se tourner vers la porte.

Je l'entends alors. Quelqu'un est en train de monter les marches de l'entrée. Une pause ; je retiens mon souffle.

La porte s'ouvre à la volée. Un homme entre en trombe et s'écrase contre Sam en criant : « Vous nous aurez pas vivants !

— Arrête ! » hurle Laurie. Sam roule en arrière et se relève avec un terrible grondement, un bruit guttural qui fait désagréablement vibrer ma colonne vertébrale. Je fais un pas en avant, mais Laurie me tire derrière le canapé.

Sam se jette sur l'inconnu, ils renversent la chaise et roulent sur le sol.

« T'as cru que t'avais trouvé de la chair fraîche, hein le toutou ? crie l'adversaire de Sam avec un accent irlandais prononcé. J'vais t'égorger, fais gaffe !

— Declan, arrête. » Laurie sort de sa cachette derrière le canapé en agitant les bras. « C'est un ami, un ami. » Il doit esquiver un morceau de la chaise qui vole dans sa direction.

« Ah ouais ? » Le nouveau venu se relève et passe la main dans son épaisse chevelure noire. « Il a un sacré crochet du droit, je dois reconnaître. » Ses lèvres se retroussent en un sourire inquiétant qui révèle toutes ses dents.

Sam gronde doucement. L'homme et lui recommencent à se tourner autour.

« Tu me cherches, mon loup ? lâche le type aux cheveux noirs. J'vais te buter, tu peux me croire...

— Arrêtez ! Tous les deux ! » Je pousse un cri aigu et leur jette mon verre d'eau dessus, mais je manque ma cible. Il atterrit par terre en répandant son contenu sur la moquette.

L'Irlandais se fige et baisse les yeux sur ses chaussures mouillées. « C'est qui cette connasse ? »

Sam gronde de plus belle.

« Une invitée », répond Laurie en se levant. Ses cheveux sont en bataille, ses vêtements froissés et ses lunettes de travers.

« Ah ouais ? Et le loup ?

— Un ami. Ce sont tous les deux des amis, Declan.

— P'tain, pourquoi tu l'as pas dit, alors ?

— J-j-je... », bafouille Laurie.

Je lui fais remarquer : « Il vous l'a dit. Mais vous avez attaqué.

— Ah ouais, s'esclaffe Declan en souriant. Bon, tout est bien qui finit bien, pas vrai mon pote ?

— Ouais, pas de souci. » Sam a toujours les sourcils froncés et une attitude méfiante. Il ne quitte pas l'Irlandais souriant des yeux.

« Bon, on est tous amis ici », dis-je avec fermeté en allant me placer près de Sam. Son corps est tendu, mais il me laisse lui prendre le bras.

« Tope-la. Toujours content d'être pote avec une jolie fille », dit Declan avant de me faire un clin d'œil.

Un grondement rauque dans la poitrine de Sam me fait serrer son bras plus fort. « Sam, si on s'asseyait pour continuer à parler de... ce dont on parlait. Laurie, est-ce que je pourrais avoir un autre verre d'eau ? »

Il repart dans la cuisine. Declan rapproche une chaise intacte et s'assied à califourchon dessus sans se départir de son large sourire angoissant. Sam garde un visage de marbre alors qu'il me tire vers le canapé pour s'y installer.

Laurie revient avec l'eau. Je le remercie.

« Ça va, Laurie ? J'ai vu la bagnole, j'me suis fait du mouron.

— Je vais bien. » Laurie opine du chef plusieurs fois. Je ne manque pas le regard protecteur de Declan sur son ami. Et Laurie semble à présent beaucoup plus calme.

« Alors, de quoi vous parliez ?

— On se donnait des nouvelles, répond Sam. Je n'ai pas vu Laurie depuis...

— Le putain de trou à rats, complète joyeusement Declan. Quoi, mon loup ? Tu me remets pas ? »

Sam fronce les sourcils.

« Un Irlandais avec une grande gueule, ça devrait pourtant pas être si difficile de s'en souvenir.

— Je suis resté là-bas longtemps, dit Sam d'une voix

étranglée avant de détourner les yeux. Je ne me rappelle pas grand-chose, sur la fin... » Je lui prends la main lorsqu'il ne termine pas sa phrase. Il la serre fort, et fixe le vide pendant un instant.

« Ouais, murmure Declan en échangeant un regard avec Laurie.

— Il cherche Nash.

— Sans déc ? Et qu'est-ce que tu lui veux, au roi des animaux ?

— J'ai besoin de lui pour localiser Smyth.

— Ouais, ben bonne chance. » Declan recule sur la chaise, la balance sur deux pieds. « Il parle à personne. De rien du tout. Il a déboulé y'a deux-trois mois, et c'est le meilleur combattant de la Fosse. Il est mauvais. Sauvage.

— Sam a volé des vidéos de DataX, explique Laurie.

— Sérieux ? » L'Irlandais excentrique hausse un sourcil.

« D'après son dossier, Nash s'est porté volontaire pour participer au projet. Il contient une photo de lui et Smyth en uniformes militaires en train de se serrer la main. Si le gouvernement est impliqué, il le saura, et il saura peut-être aussi comment trouver Smyth. Je me rapproche de plus en plus, mais j'ai besoin d'autres indices.

— Nash t'aidera pas. Il est brisé, comme nous tous. »

La culpabilité me noue les tripes. J'ai assisté aux cauchemars de Sam. Je sais que sa souffrance est réelle, et continuellement présente. Comment puis-je encenser mes recherches alors qu'elles existent à un prix si horrible ? Les vies qu'elles pourraient sauver contrebalancent-elles celles qui ont été détruites pour obtenir ces données ?

« Je sais ce qui lui est arrivé, dit Sam d'une voix douce que Declan ne semble pas entendre.

— Si Nash est encore vivant, c'est grâce à son lion, et il le laisse pas sortir. Il est dingue. Il veut juste se battre contre n'importe qui et tout le monde. La Fosse est parfaite pour lui.

— C'est quoi, la fosse ?

— Des combats entre métamorphes. Sans leurs animaux.

— Quels animaux ? » Je n'ai pas pu retenir ma question. Quels autres genres de métamorphes peuvent bien exister ?

Declan et Laurie me regardent fixement.

Sam toussote. « Layne vient d'apprendre l'existence de... notre espèce.

— Et qu'est-ce qu'elle fout là, alors ?

— Elle travaillait pour DataX, dit tranquillement Sam. Je l'ai kidnappée.

— Quoi ? » Declan saute sur ses pieds, renversant la chaise derrière lui. Sam vient immédiatement se placer devant moi avec une attitude protectrice.

« T'as quoi dans la tronche, le loup ? T'as ramené l'ennemi chez nous ? crie Declan avec des yeux fous.

— Calme-toi, ordonne Sam. Elle n'est pas l'une d'entre eux. Ils ont essayé de la tuer. Elle est avec moi.

— Je ne savais pas ce qui se passait. Je ne ferais jamais de mal à personne, dis-je d'une petite voix.

— C'est la vérité. Et tu le sais. » Sam garde les bras écartés pour me masquer du regard assassin de Declan. « C'est une bonne personne.

— J'le croirai quand j'le verrai, grogne Declan. Comment tu t'es retrouvée à bosser pour eux ? »

Je me tords les mains. « J'étais dans un laboratoire. Je n'ai jamais rencontré de patients. On m'apportait les cellules, et je faisais des tests. Ils ne m'avaient pas dit ce qu'ils faisaient.

— Des patients. C'est comme ça qu'ils les appellent ? Des sujets d'expériences. Des prisonniers », dit Declan avec mépris. Laurie est plaqué contre le mur et marmonne toujours à voix basse. « Des atrocités commises au nom de la science. Tous ces tests sont tachés de sang. Des gens les ont payés de leurs vies.

— Je suis vraiment désolée, dis-je dans un murmure.

— Ce n'était pas sa faute », affirme Sam avec fermeté.

Mais il se trompe. J'aurais dû poser plus de questions. J'aurais dû demander pourquoi la sécurité était aussi renforcée. J'ai fermé les yeux.

« Layne ne savait rien. Et maintenant, elle est autant en danger que moi.

— Autant que nous tous, rétorque vertement Declan. C'est pas pour rien qu'on habite au milieu de nulle part, à compter sur les paris des combats de métamorphes pour survivre. Nos animaux sont traumatisés. On s'est enfuis, mais depuis, on reste planqués. On redoute le jour où ils nous retrouveront.

— Ça n'arrivera pas. » Les mâchoires de Sam se contractent.

« Non ? Et comment tu vas les en empêcher, mon loup ?

— Après avoir volé les dossiers, j'ai installé un virus pour effacer toutes leurs sauvegardes. Toutes leurs données ont disparu. Le virus infectera tous les appareils qui essaieront d'accéder aux fichiers. »

Je sens mes veines se glacer, et l'impuissance m'envahit. Malgré ma culpabilité, je ne veux pas que mes recherches disparaissent. Sam est maintenant le seul lien qui me reste avec des années de travail.

Il m'avait promis de trouver un compromis.

Declan siffle. « T'es un homme mort, c'est qu'une question de temps.

— J'ai besoin de parler à Nash, dit Sam.

— D'acc. Allons le voir. » Declan sort une casquette de sa

poche arrière et la visse sur sa tête. « On va t'amener à la Fosse. Parker saura où est Nash.

— Parker ?

— Ouais, répond Declan en se frottant les mains. On va voir un chien pour trouver un lion. »

ayne

La Fosse est un entrepôt en briques situé dans une zone industrielle quasiment abandonnée de San Diego.

Declan et Laurie entrent les premiers. Le grand métamorphe doit se pencher pour passer la porte. Le bâtiment ne comporte aucune fenêtre, on ne voit qu'un couloir sombre dont il émane une forte odeur musquée. Ça sent la fourrure et les animaux. Je ralentis le pas.

Sam me tire à l'écart avant qu'on entre. « Ce sera peut-être dangereux.

— Plus dangereux que se faire tirer dessus ?

— Ouais. » Il s'humecte les lèvres. « Écoute, Layne, je n'aime pas t'amener ici. Mais j'ai trop peur de te laisser sans protection et mes ressources sont limitées en Californie.

— Non, je veux être là. DataX fait des choses horribles. » Je pense à Laurie et ses tics nerveux, à l'affolement de

Declan en apprenant pour qui je travaillais. Aux cicatrices de Sam. « Si je peux me rendre utile, tant mieux.

— D'accord. Reste près de moi. Fais ce que je dis sans poser de questions. »

Quelques types imposants qui entrent à pas lourds dans l'entrepôt me détaillent de la tête aux pieds en passant à côté de moi. Je me rapproche de Sam. « D'accord. » Je pourrais m'offusquer de sa voix autoritaire, mais le souvenir de la fessée de ce matin me revient en mémoire.

Dans le monde des loups, la désobéissance est punie.

Ça me donne presque envie de désobéir, mais ce n'est pas le moment de faire n'importe quoi.

Il me prend la main et nous entrons ensemble dans la Fosse.

L'odeur animale est plus pesante ici. La vaste pièce enfumée est faiblement éclairée. Une fois que mes yeux se sont habitués à l'obscurité, je vois un bar et des tables autour desquelles sont assis les gros types baraqués que j'ai vus entrer plus tôt.

Laurie nous fait signe depuis une table. J'ignore les regards insistants que j'attire et m'accroche à Sam alors qu'on rejoint le grand homme nerveux.

« C'est ma tournée, les potos », dit Declan en posant quatre pintes de bière sur la table.

J'en prends une et regarde le liquide doré. Sam attire mon attention et secoue discrètement la tête. Je n'avais pas vraiment besoin d'encouragement pour reposer mon verre.

Après avoir vidé le sien et fait claquer ses lèvres, Declan me demande : « T'en veux pas ? » Je pousse la pinte vers lui. Mon regard se promène dans la pièce plongée dans la pénombre. « C'est la Fosse ? On dirait un bar.

— Les apparences sont trompeuses. » Declan me fait un

clin d'œil et se tourne vers un type qui se penche près de son épaule. « C'est toi qui prends les paris ? grogne l'homme.

— Ouais, répond Declan, mais je bosse pas ce soir. »

Le gars montre une liasse de billets. « Ma meute veut parier deux briques sur Nash.

— Bah, je peux ouvrir boutique un moment. Je reviens. » Declan s'éloigne avec l'homme dans un coin de la pièce et ils conversent tête contre tête.

Laurie retire ses lunettes et les nettoie. Les verres sont super épais. Pas étonnant que ça lui donne des yeux d'oiseau.

« Ce sont des lunettes correctrices ?

— De ma création, me répond-il. Les expériences m'ont laissé presque aveugle sous la lumière du jour. En revanche, j'ai toujours une excellente vision nocturne. »

Je suis sur le point de lui poser une autre question quand Declan revient à notre table. Il se met sur la pointe des pieds pour murmurer quelque chose à l'oreille de son grand ami. Laurie hoche la tête et sort un cahier usé pour noter quelque chose.

Sam fait mine de les ignorer tous les deux, et je l'imite. D'autres personnes entrent dans le bar mais la salle ne semble jamais se remplir.

Declan se fait sans arrêt prendre à part. Chaque fois qu'il revient, Laurie et lui échangent quelques mots tout bas, puis Laurie marque quelque chose dans son carnet.

« C'est une bonne soirée pour vous, remarque Sam lorsque Declan s'éloigne à nouveau.

— Toujours, quand Nash se bat, répond Laurie.

— Est-ce que les gens savent que c'est toi qui tiens les comptes ? »

Laurie secoue la tête. « Ça convient à Declan comme ça. Il peut se défendre.

— Tu es un prédateur, toi aussi.

— Pas comme toi. J-je suis plus doué pour prendre discrètement la fuite. »

J'écoute à moitié, me demandant de quoi ils parlent tout en gardant à l'œil un groupe de gros bikers costauds qui se disputent près de notre table. Ils ont tous la même boucle d'oreille, une espèce d'os. Leurs vestes portent un félin en train de rugir avec *Les Crocs* brodé en dessous. Deux d'entre eux commencent à se pousser. Declan évite le biker blond qui tombe presque sur lui.

« Foutus matous, grommelle-t-il en nous rejoignant. Z'êtes prêts ? »

Sam acquiesce. Laurie passe devant, suivi par Sam, qui garde un bras autour de mes épaules.

« Souviens-toi de ce que je t'ai dit », me murmure-t-il à l'oreille.

On se dirige vers l'arrière du bar, où Laurie ouvre une porte. Une explosion de bruit et de chaleur me fait piler. Un escalier descend dans les ténèbres. L'odeur animale sature l'air.

« Y'a du monde ce soir, dit Declan. Vous pourrez pas dire que j'vous ai pas prévenus. » Lorsque je tourne la tête, l'Irlandais me fait un clin d'œil, ce qui n'apaise en rien mes nerfs en pelote alors que Sam m'escorte dans la descente vers la Fosse.

Mes yeux s'habituent progressivement à l'obscurité encore plus prononcée. Les corps sont entassés dans la pièce souterraine, assis dans les gradins et pressés contre un haut grillage. Sam enlace fermement ma taille tandis que Declan pousse les gens pour avancer.

Je n'ai jamais eu de petit ami ; le geste devrait être inhabituel, pourtant je le trouve naturel, normal. C'est comme si Sam avait toujours été auprès de moi, protecteur et intense. En mission pour obtenir la justice tout en veillant sur moi.

« Reste tout près », grommelle-t-il, et je ne rechigne pas pour me coller contre son corps dur et musclé. Si proche de lui, je me sens vivante et féminine. Mes tétons durcissent et frottent contre mon soutien-gorge lorsque je pense à la force brute enfermée dans l'être qui marche à mes côtés.

À mesure que l'on s'approche, les personnes présentes semblent reconnaître Declan et s'écartent. Deux combattants sont en train de s'entraîner dans la cage grillagée, ruisselants de sueur sous les projecteurs.

« La Cage », dit Declan, et Sam me serre plus fort.

Quelques spectateurs crient en tapant contre les mailles métalliques, mais la plupart sont encore en mouvement, discutent, plaisantent et cherchent une place. Declan est bientôt sollicité pour prendre de nouveaux paris.

Un des combattants, un malabar massif avec une cicatrice qui traverse son visage, fond sur son adversaire et lui envoie son poing dans sa figure. Le second lutteur recule dans un jaillissement de sang et donne des coups de poing dans le vide.

Je grimace, écœurée.

« Premier sang », commente quelqu'un d'un air blasé. Quelques personnes se tournent pour regarder les combattants se tourner autour. Après quelques feintes, ils s'élancent, s'écrasent l'un contre l'autre en se donnant de violentes bourrades.

« Bâclé. » Un homme aux cheveux argentés devant nous secoue la tête. Alors qu'il se détourne du combat dans la cage, je le regarde plus attentivement, surprise qu'un si jeune homme ait des cheveux gris.

« Parker », le salue Declan en réapparaissant à nos côtés. « J'aimerais te présenter du monde. Sam et Layne. »

Sam lui tend la main sans lâcher ma taille.

Parker me regarde en plissant les yeux. « Elle devrait pas être ici. »

Sam resserre son étreinte. « Elle est sous ma responsabilité.

— Ils veulent parler à Nash, dit Declan.

— À propos de quoi ?

— De DataX », répond Sam. Nous recevons tout à coup des regards hostiles. Les personnes autour de nous s'écartent et un murmure nerveux passe à travers la foule.

Parker rejette sa tête grise en arrière et éclate de rire, un bruit grinçant avec un fond d'hystérie. Il me fait penser à une hyène. « Aucune chance.

— C'est important. » Je sens Sam s'agiter. Je pose la main sur son torse. Même si je ne pourrais pas physiquement l'empêcher d'attaquer Parker, mon contact a l'air de le tranquilliser.

« Pas besoin d'être un trouduc », dis-je à Parker. Il me regarde avec un respect renouvelé, puis hausse les épaules.

« Nash parle à personne. J'organise les combats pour lui, et même à moi, il me parle à peine. »

Un rugissement retentit derrière nous. On se retourne, et je pousse un cri. À la place du premier combattant, un gorille avec une cicatrice sur le visage se tient désormais dans le ring, appuyé contre le grillage métallique. Les spectateurs crient leur approbation lorsque l'animal se jette sur son adversaire toujours sous forme humaine.

« Amateur, se moque Declan.

— Mmm. » Parker semble du même avis. « Libérer son animal, c'est une disqualification immédiate », nous explique-t-il. Je reste bouche bée en voyant le gorille commencer à poursuivre l'homme autour du ring.

Lorsque les poings de l'animal entrent en contact avec la chair humaine, je ferme les yeux et me détourne à moitié.

« Est-ce que ça va ? » demande Sam. Il me serre contre lui avant de repousser les cheveux devant mes yeux.

« Ouais, ça va aller.

— C'est ton premier combat de métamorphes ? » demande Parker. Son regard a un éclat argenté.

Je déglutis. « Oui.

— Tu vas en prendre plein les yeux, dit Declan en se frottant les mains. Nash est le meilleur.

— C'est vrai, confirme Parker. Excusez-moi. » Il s'approche de la cage et fait signe à deux malabars armés d'aiguillons à bétail de le suivre. Ils entrent dans le ring, et les deux vigiles encerclent le gorille pendant que Parker lève le bras ensanglanté de l'homme pour le proclamer vainqueur.

« Il a gagné ? » Je ne cache pas ma surprise tandis que Parker aide le combattant inconscient à sortir de la cage. « Il a failli mourir ! »

Declan hausse les épaules. « Ça fait partie du divertissement. »

Les vigiles font sortir le gorille de la cage et les projecteurs sont coupés. Des néons parcourent la foule, accompagnés par un rythme de tambour primal.

« C'est pour bientôt, nous dit Laurie. Ils doivent juste nettoyer le sang sur le ring. »

Un trio de femmes aux courbes généreuses vêtues de bikinis imprimés d'un motif léopard qui les couvrent à peine entrent dans la cage, des seaux à la main. Tout le monde recule lorsqu'elles les vident et répandent de l'eau savonneuse sur la scène, avant de commencer à faire mine de lutter dans la mousse. Pendant ce temps, des employés en salopettes viennent avec des serpillères et s'occupent du véritable nettoyage.

« Très classe », dis-je en levant les yeux au ciel.

Laurie et Declan semblent captivés. Sam assiste à la scène avec la même expression de marbre qu'il arbore toujours.

« On s'en ira dès que j'aurai pu parler à Nash.

— Pas de problème. » Je fronce les sourcils quand quelqu'un me bouscule. « Je commence juste à me sentir un peu claustrophobe.

— Je ne laisserai rien t'arriver », me promet-t-il.

On trouve des places dans les gradins, et je me retrouve serrée à côté de types musclés en train de faire des paris. La salle se remplit à mesure que les minutes passent. Je suis bientôt pratiquement sur les genoux de Sam.

Lorsque les lumières se rallument, la cage est vide.

« Mesdames et messieurs », tonne la voix de Parker à travers la salle. Immédiatement, la foule se tait. « Le combat que vous attendez tous. Le participant de ce soir est un visiteur du nord. Le Cogneur. »

Un géant entre dans la cage et lève ses bras massifs pour accepter les encouragements et les huées.

« Un ours métamorphe, nous informe Laurie.

— Il va affronter l'alpha maître de ce ring, qui défendra chèrement sa place : le Roi des Animaux. »

Le public est en liesse. L'air vibre, comme si tout le bâtiment était en train de trembler. Je me recroqueville contre Sam lorsque les hommes sur les bancs autour de nous se mettent à pousser des hurlements et à taper du pied. Le grillage est secoué par les spectateurs, et quelques-uns commencent à l'escalader. Les vigiles leur donnent des coups d'aiguillon jusqu'à ce qu'ils retombent en arrière.

Les projecteurs s'allument à l'entrée du combattant.

« C'est lui », dit Laurie en le montrant du doigt, mais je ne remarque pas le lion au premier abord. Sam et moi montons sur le banc pour essayer de le voir.

Nash ne porte qu'un pantalon militaire. Son torse est puissant, tatoué et couvert de cicatrices. Une mâchoire carrée, des cheveux blonds coupés court ; sans la lueur jaune dans ses yeux, il aurait tout du parfait soldat américain.

« Il était militaire, dans les forces spéciales », explique Sam alors que la foule s'écarte pour laisser passer Nash en scandant son nom. Quelqu'un essaie de poser une couronne sur sa tête et de le parer d'une cape violette, mais il l'écarte et continue à marcher vers le ring en ignorant tout le reste.

« Personne se bat comme Nash, souffle Declan. Personne.

— C'était un héros avant de se retrouver à DataX, ajoute Laurie. Maintenant, son lion est fou. »

Nash n'est pas aussi émacié qu'il l'était sur la dernière vidéo, mais le souvenir de la souffrance est clair dans son regard fixe. Son corps et son âme porteront pour toujours les cicatrices de ce que DataX lui a fait.

Je serre le bras de Sam, mon cœur soudain lourd.

« Layne ? » J'appuie ma joue contre la sienne en agrippant son T-shirt. « Je vais t'aider à les détruire », dis-je avant de reculer pour qu'il puisse voir dans mes yeux que je suis sérieuse. Il m'étudie, mais ne demande pas de qui je parle. Ce n'est pas nécessaire. « Je veux qu'ils paient. »

Après un instant, il hoche la tête. Ses yeux scintillent d'un éclat surnaturel.

Je pose ma main contre sa joue puis me tourne vers le ring pour regarder le début du combat.

Tandis que Nash approche, l'ours courbe le dos et gronde. Sans cligner des yeux, le lion fait un hochement de tête à son manager en entrant dans la cage.

« Vous connaissez les règles. Pas d'animaux. Tant que vous tenez debout, vous continuez », annonce Parker.

L'ours et le soldat se placent face à face et commencent à se tourner autour. Par rapport à son adversaire, Nash est souple et élancé, grand sans être impressionnant. L'ours avance en sautillant et joue des poings, mais Nash esquive facilement ses attaques, en bougeant juste ce qu'il faut et pas un centimètre de plus. Son regard doré ne se détache jamais du visage de son adversaire.

« Il a jamais perdu un combat. Ça dure jamais plus de trois rounds, et il laisse jamais son lion sortir, murmure Declan sans quitter le combat des yeux. Il maîtrise total.

— Non, dit Laurie avec un tressautement. Il se retient du mieux qu'il peut. Mais quand son lion finira par sortir, tout le monde mourra. »

Je frissonne et me colle contre Sam.

L'ours en a assez de tourner en rond et fonce en avant en donnant des coups de poing. Nash s'écarte de sa trajectoire, et lorsque son adversaire se retourne pour charger à nouveau, le soldat se campe sur ses pieds et envoie un crochet dans son visage marqué de cicatrices. L'ours recule en chancelant. La foule se lève et pousse des cris.

L'ours métamorphe titube jusqu'au bord du ring en secouant la tête. Il pousse un rugissement en regardant Nash dans les yeux, révélant de longues dents jaunes.

« Oh mon Dieu », dis-je en couinant lorsque l'ours charge à nouveau et fait reculer Nash. « Il est en train de muter. »

Les doigts de Sam serrent mon bras. « Pas encore. »

Nash pare tous les coups de son opposant, son visage impassible en comparaison avec la grimace crispée du Cogneur. Les attaques de l'ours sont maladroites et lourdes. Nash fait un pas en avant, écarte les pieds et lui décoche un coup de poing fracassant qui envoie l'ours valdinguer au milieu du ring.

« Ouais ! » l'acclame Declan.

Mon cœur cogne dans ma poitrine quand Nash prend une posture d'attaque et fait pleuvoir des coups sur l'ours. Son adversaire arrive à en placer quelques-uns, mais Nash les absorbe comme s'il était en béton armé. Les spectateurs s'excitent autour du ring, leurs cris deviennent des grognements. Dans la cage, le sang jaillit. L'ours glisse sur le sol empourpré.

Les deux combattants s'écartent l'un de l'autre. Nash a été touché ; un bleu commence à apparaître sur sa mâchoire et du sang s'écoule de sa bouche. De son côté, l'ours est voûté et halète bruyamment.

« Vive le Roi des Animaux ! » crie quelqu'un. C'est une voix perçante, féminine. Nash tourne la tête.

L'ours attaque et fond sur lui. Il tend un bras déjà à moitié recouvert de fourrure. Nash se dégage et le frappe au visage. Un ours apparaît soudain à la place du Cogneur, un énorme grizzli avec des pattes de la taille de ma tête. Il abat ses quatre pattes par terre et fait trembler le ring.

« Non ! » Je me lève, alarmée, mais Sam me retient contre lui.

« Fin du combat, fin du combat ! » crie Parker, mais son annonce est noyée par les cris du public. Nash fait face à l'ours, son corps musclé rendu étrangement minuscule par la taille de l'animal.

Je ravale un cri alors que l'ours charge. Nash ne bouge pas. Il se décale à la dernière seconde, se saisit du bras du grizzli et vient se placer derrière son dos. Le membre se brise avec un bruit de craquement répugnant. L'ours se retrouve sur le dos, et Nash lui cogne le crâne contre le béton.

Tout s'est passé si vite que je l'aurais manqué si j'avais cligné des yeux. Le combat est terminé. L'ours a perdu connaissance. La foule hurle, piétine, hue. Parker annonce la victoire au micro. Declan est fou de joie. Même Laurie applaudit.

Nash pose un pied sur le torse de l'ours, rejette la tête en arrière et pousse un rugissement. Le bruit enfle, emplit la salle. Tous les poils sur mon corps se dressent. Les gens se lèvent, soulèvent les bancs et commencent à les fracasser. Sam se lève à son tour. « Occupe-toi d'elle », dit-il à Laurie en me jetant dans ses bras. Il court vers Parker, qui est encerclé alors qu'il essaie de faire une annonce que personne n'entend.

Sam lui attrape l'épaule pour qu'il se retourne. « Nash ! J'ai besoin de parler à Nash. »

Le ring ne contient plus que l'ours KO. Nash est déjà parti, il pousse la foule déchaînée pour gagner la porte arrière.

« Attends ! » Sam essaie de le suivre, mais le lion est déjà loin.

Alors que j'essaie de rejoindre Sam, il se cogne contre moi et me fait reculer sur un groupe de bikers avec des vestes en cuir.

« Excusez...

— Humaine », grogne le blond devant moi. Ses yeux prennent une teinte verte inquiétante.

« Je n'ai pas fait... » Je fais un bond en arrière quand le type pousse un grondement en révélant ses longues canines.

Sam apparaît brusquement et ses doigts se referment sur la gorge de l'homme blond. La rixe qui s'en suit est trop rapide pour que je puisse suivre ce qui se passe. Le type se retrouve plaqué contre le mur, Sam pesant de tout son poids sur lui.

Je lâche un cri en sentant des bras se refermer autour de moi.

« Du calme, ma poule, c'est juste moi. » Declan me tire en arrière. Un autre homme gigantesque court en direction des bikers, et une seconde bagarre démarre.

« On doit se tirer d'ici, grommelle Declan en me tirant vers la porte.

— Pas sans Sam.

— Laurie va le faire sortir. Laisse-moi donner le signal.

— Le signal ?

— On en veut à mon oseille ! » hurle Declan alors qu'il m'entraîne vers un mur à l'écart des métamorphes en train de se battre. D'un coup de pied, il ouvre une porte dissimulée et me pousse hors de la Fosse.

~.~

Sam

DÈS QUE JE vois que Layne est sortie et qu'elle ne risque rien, j'évite un coup et lâche le connard qui lui a grondé dessus. Je ne suis pas un alpha, pas comme Jackson ou Garrett, mais putain, mon loup est prêt à démolir n'importe quel animal qui menacera ma compagne. Mais maintenant qu'elle n'est plus en danger, je me rappelle l'importance de rattraper Nash. Je cours vers la porte par laquelle il est sorti, où je trouve Parker en train de compter des billets.

« Je dois lui parler. »

Parker hausse les épaules.

« Sam, on doit y aller, dit Laurie en arrivant à côté de moi.

— Layne est en sécurité ?

— Ouais. Elle est avec Declan. Allez, viens », me presse-t-il.

J'agrippe le bras de Parker.

« Fais gaffe, loup, grogne-t-il d'un ton menaçant que je choisis d'ignorer.

— Je défie Nash en combat.

— Toi ? » Parker me regarde comme s'il venait de me pousser une deuxième tête. Je ne suis même pas assez imposant pour être le bras droit d'un alpha. Les tests constants et l'affaiblissement régulier de mon organisme pendant ma puberté, sans parler des mois passés à crever de faim dans la nature, m'ont laissé chétif pour un métamorphe. La plupart des mâles dans cette pièce font vingt kilos de plus que moi, voire plus.

Donc, ouais, je suis peut-être dingue. Mon esprit rationnel n'aurait jamais eu une idée pareille.

« Je l'affronterai, et si je gagne, il devra accepter de me parler.

— T'es fou, lâche Parker.

— Si je gagne. »

Il hoche lentement la tête. « Je vais voir ce que je peux faire. »

Je note mon numéro de téléphone sur un de ses billets de vingt dollars. « Tiens-moi au courant. »

Des métamorphes se battent aussi sur le parking à l'extérieur. Une Camaro blanche s'approche en faisant crisser ses pneus. Declan est au volant, Layne attachée sur le siège passager. Je gronde en les voyant, même si je sais qu'il vient de protéger Layne pour moi.

Declan sourit, ses yeux brillent d'un éclat joyeux et fou. Il est aussi traumatisé et taré que moi. Tout comme Laurie, à sa manière. « J'te la pique pas, mon gars, dit-il en levant le menton en direction de Laurie. J'te l'échange contre celui-là. »

Layne détache sa ceinture et Laurie vient prendre sa place. « V-vous logez o-o-o-où ? » demande-t-il.

Je hausse les épaules. « J'ai une planque dans la montagne, mais c'est à une bonne heure et demie d'ici.

— Vous pouvez r-r-rester avec moi, propose-t-il. J'ai un studio pour les invités. »

Je me rappelle avoir vu la petite structure de la taille d'un garage derrière sa maison. En Californie, n'importe quelle surface devient un espace habitable. Je suis surpris par son offre. C'est vrai que j'espérais recevoir de l'aide de Laurie et Declan, mais nous accueillir chez eux, surtout si l'on considère les risques que ça pourrait leur faire courir, est vraiment plus que je ne pouvais leur demander. Je suis sur le point de refuser, mais je me ravise. Sans l'aide de Declan ce soir, il aurait pu arriver quelque chose à Layne. Je ne peux pas traquer Smyth et la protéger en permanence, même si je souhaiterais de tout cœur pouvoir le faire. Savoir qu'elle est en sécurité avec d'autres métamorphes m'aidera à me concentrer sur ma mission : éliminer Smyth. Une fois qu'il sera mort, je pourrai veiller sur elle jusqu'à ce qu'on soit sûrs qu'elle peut rentrer chez elle sans risque.

Sauf que le poids au fond de mon ventre me dit que personne ne va rentrer chez lui. Ni Layne. Ni moi. Si le gouvernement est impliqué dans le projet Alpha, DataX continuera de nous pourchasser jusqu'à ce qu'on soit morts.

Merde.

Je hoche la tête. « Ouais, merci. On vous retrouve là-bas. »

Laurie acquiesce avant de monter dans la voiture, et Declan repart en trombe avant que la portière ne se soit refermée.

Layne marche rapidement vers le fourgon. Je n'arrive pas à déterminer si elle est énervée ou effrayée. Probablement un peu des deux.

Je m'installe derrière le volant et démarre. « Je suis vraiment désolé de t'avoir laissée sans protection tout à l'heure. »

Elle secoue la tête en regardant fixement devant elle comme si elle était en état de choc.

On passe devant des félins en train de se battre, deux léopards pris dans un corps-à-corps qui renversent des motos en se donnant des coups de griffe et de croc.

« Tu n'as sans doute pas l'habitude de voir autant de violence.

— Non », murmure-t-elle.

Lorsque je tends le bras pour lui prendre la main, je suis choqué de constater à quel point elle tremble. « *Layne.*

— Sam, j'ai besoin de mes médicaments », laisse-t-elle échapper.

Un grand froid m'envahit, glace ma poitrine. Elle ne voulait pas aller récupérer sa pilule. Elle a quelque chose de grave. Incapable de respirer ou de parler, je me contente d'accélérer. Je prends le même chemin que Declan et fonce sur la route principale.

Il me faut dix, vingt secondes avant de parvenir à réfréner le battement métallique dans mes oreilles. « Dis-moi, j'exige d'une voix grinçante.

— C'est une maladie dégénérative qui attaque les cellules nerveuses. La maladie de Barrington. C'est ce dont ma mère est morte. »

Je ne peux plus respirer. Ma femelle. *En train de mourir.* Putain, ça ne peut pas être vrai.

« Sam ! » Layne hurle quand le fourgon commence à sortir de la route.

Je corrige la direction du véhicule en réfléchissant à toute allure. « C'est pour ça que ces recherches t'importent autant. Tu cherches un remède. »

Layne baisse les yeux sur ses mains. « Non. C'est trop tard pour moi. Mais je pourrai peut-être aider d'autres personnes.

— Non ! » J'écrase mon poing contre le tableau de bord et fendille le plastique.

C'est le regard effrayé de Layne qui me fait ravaler la rage que je sens tempêter en moi.

« Il doit bien exister un remède, dis-je entre mes dents serrées.

— Sam. » J'entends les larmes dans sa voix. « J'ai fini par l'accepter. Ne rends pas les choses plus difficiles. »

Un ouragan d'émotions me traverse, l'une après l'autre. J'ai envie de pleurer. De casser des choses. Des tonnes de regrets se déchargent sur moi. Me recouvrent la tête, entrent dans ma gorge. J'aurais aimé le savoir plus tôt.

Mais quelle différence est-ce que ça aurait fait ?

Je me gare devant chez Laurie mais n'ouvre pas la portière. « Layne. » Ma voix est brisée et éraillée, comme si j'avais crié pendant des heures. « Je ne juge pas tes choix, mais *ça me tue* de penser que tu as passé ta vie enfermée dans un labo alors que tu aurais pu... *vivre*. »

Par la lune, j'ai l'impression que c'est *moi* qui suis en train de mourir. Ici, maintenant. De me vider de mon sang derrière le volant parce que Layne, la compagne que je n'ai pas revendiquée, aura une vie écourtée prématurément. Je devais avoir un soupçon d'espoir de survivre à ma mission de vengeance et d'avoir quelque chose à lui offrir.

« *Va te faire foutre* », crache Layne en sortant en trombe du fourgon. Ses mots me stupéfient assez pour me faire sortir de ma spirale d'auto-apitoiement.

Je me lance à sa poursuite jusqu'à ce que je la rattrape sur le trottoir. Je passe un bras autour de sa taille et la serre contre mon torse. « Layne, attends. Je suis vraiment désolé. Ce n'est pas ce que je voulais dire. » J'enfouis mon visage dans ses cheveux soyeux et respire son parfum. Je ne trouve rien d'autre à ajouter, mais ce n'est pas comme si j'étais doué avec les mots. Je me contente de serrer son corps doux contre le mien, et ma respiration se synchronise bientôt avec la sienne.

« Je vais aller chercher tes médicaments, c'est promis. J'y vais tout de suite, si tu veux. Mais je vais y aller seul. Je ne veux pas que tu te mettes en danger.

— Je peux attendre jusqu'à demain. » Sa voix est flûtée.

« Tu es sûre ? »

Putain. Je suis un trouduc. Je devrais avoir mieux à lui proposer qu'aller chercher les médicaments qu'elle a essayé de récupérer toute la journée. Mon instinct me dit que je devrais être capable d'arranger les choses pour elle, mais *bordel*, ce n'est pas possible.

J'ai envie de crier des injures et de hurler. De muter et de retourner dans la montagne où j'ai déjà presque failli me perdre une fois.

« Sans ta maladie, si ta mère était toujours en vie et que le monde n'avait pas besoin d'être sauvé, qu'est-ce que tu ferais ? » Mes lèvres sont près de son oreille. Elle tremble. Des larmes sèchent sur ses joues.

« Je ne sais pas. » Sa voix se brise. « Qu'est-ce que tu ferais si tu n'étais pas déterminé à te venger ?

— Je trouverais un moyen pour être avec toi. » Je réponds immédiatement, me surprenant potentiellement autant qu'elle.

Elle se tourne dans mes bras, et je vois ses yeux sombres s'écarquiller. « Sam. » Mon nom semble porter une signification très profonde, mais je n'arrive pourtant pas à deviner ses pensées.

Je lui caresse la joue du pouce. « Je suis incroyablement attiré par toi, Layne. Je ne sais pas comment c'est pour les humains, mais chez les métamorphes, parfois notre animal choisit à notre place. Mon loup te veut. Même si je ne peux pas t'avoir. Même si ce sont les pires circonstances imaginables. Donc, c'est la vérité : si j'étais libre, si mon avenir était assuré, je voudrais être avec toi. Je me débrouillerais pour comprendre ce qu'il y a entre nous et ce que ça pourrait devenir. » Tout à coup un peu gêné, je la lâche et j'enfonce mes mains dans mes poches. « Je sais que je n'ai aucune chance avec toi, mais...

— Ça me plairait. »

Je me fige.

Elle pose les mains à plat sur mon torse et lève son visage vers le mien, comme si elle voulait un baiser.

Mon loup, qui avait été calmé par ses larmes, s'éveille en rugissant. Je possède sa bouche tout en passant mon avant-bras sous ses fesses. Elle enroule ses jambes autour de ma taille et me rend mon baiser avec une ferveur à laquelle je ne m'attendais pas.

« Layne. » J'ai besoin qu'elle soit nue. *Maintenant.*

Sans cesser de l'embrasser, je dépasse la maison de Laurie en la portant dans mes bras et me dirige droit vers la maisonnette derrière. Laurie est devant la porte, clé à la main. Il ouvre des yeux ronds devant le spectacle de notre baiser passionné digne des JO. Il ouvre la porte et recule pour nous laisser passer sans dire un mot. La porte se referme douce-ment derrière nous, mais je le remarque à peine.

Nous sommes dans un petit studio, avec un lit au centre de la pièce. Je pose Layne dessus et enlève mon T-shirt d'une main sans jamais quitter ma belle et fragile femelle des yeux.

Layne s'assied. Un joli rose colore ses joues.

Je suis à nouveau sur elle en un éclair, et nos lèvres fusionnent alors que j'arrache ses vêtements. J'ai besoin qu'elle sente toutes les émotions en moi. Tout ce que je ne sais pas comment exprimer. Le chaos qui se déchaîne à cause de sa maladie, de mon intense désir de changer son destin, de changer *nos* destins.

~.~

Layne

LES BAISERS de Sam sont en tête de la liste des choses que je suis contente d'avoir connues avant de mourir. Ils contiennent tant de passion. Tant d'autorité.

Pour un homme qui affirme ne pas savoir s'y prendre avec les femmes, il a pourtant l'air de savoir exactement ce qu'il fait. Sa langue glisse entre mes lèvres, exige ma soumission. Je me sens fondre, m'offre à lui pendant qu'il m'enlève mon haut. Qu'avons-nous d'autre, à part cet instant ?

Aucun de nous n'a quoi que ce soit à donner à l'autre. À part ça. Notre passion. L'incroyable musique que nos corps composent ensemble.

Et non, je n'ai pas peur de son loup. Si je suis sûre d'une chose, c'est que Sam ne me fera pas de mal.

Il enfouit ses hanches entre mes jambes, fait descendre sa bouche ouverte dans mon cou. Ses mains ouvrent mon soutien-gorge, il baisse la tête et mordille mon sein. Le sous-vêtement disparaît à la suite de mon haut tandis que ses lèvres se referment autour de mon mamelon, et sa langue tournoie autour de la pointe dressée.

Je pousse un petit cri et me cambre contre lui. Le tambourinement insistant de besoin entre mes cuisses me pousse à me tortiller pour baisser mon legging et ma culotte. Il libère mon téton et me lèche le ventre en descendant vers mon nombril.

J'ai besoin de plus.

Maintenant.

« Sam », dis-je, haletante, en me dégageant de la culotte encore enroulée autour de mes chevilles.

Il passe les mains sous mes genoux et les soulève en me faisant écarter les jambes. J'ai des papillons dans le ventre. Il pousse un grondement juste avant de donner un généreux et incroyable coup de langue à mon sexe.

Mes cuisses se serrent autour de ses oreilles, mais il les repousse et maintient mes hanches sans cesser de me torturer avec des coups de langue vigoureux sur mon clito.

J'agrippe ses cheveux blonds et tire dessus, me frotte contre son visage sans la moindre pudeur. Mais je ne veux pas seulement qu'il me donne du plaisir, cette fois. Je veux aussi lui en donner. « Laisse-moi me lever, dis-je en un souffle. *Laisse-moi me lever.* » Quand il ne réagit pas, je pousse ses épaules.

Il lève la tête, son regard surpris luit d'un éclat jaune, ses lèvres brillent de mes sécrétions. Je me redresse et l'attire sur le lit. Il se laisse tomber dessus en se maintenant sur son avant-bras avec une expression perplexe.

« À mon tour. » Je tends la main vers sa braguette.

Il laisse échapper un bruit de gorge étranglé. « Attache-moi, murmure-t-il.

— Quoi ?

— Il vaut mieux que tu m'attaches, sinon je n'arriverai pas à me contrôler. Je vais baiser ta douce chatte jusqu'à demain matin. »

Je laisse échapper un rire choqué alors que ses mots enflamment mon désir de plus belle. Mes tétons pulsent au même rythme que mon sexe. Ses paupières sont mi-closes, son regard parcourt mon corps comme un homme affamé. J'humecte mes lèvres. « Tu as une capote ? »

Sam me regarde un instant avec incrédulité, puis fouille dans sa poche. Il en sort son portefeuille et, avec des doigts tremblants, en tire un petit paquet carré. « *Oui.* » Il le lève en l'air comme s'il s'agissait du ticket de loto gagnant.

Puis le doute assombrit son visage. Il se lève brusquement du lit et se frotte la mâchoire. « Layne, on ne peut pas. »

Je rampe vers lui sur le lit, et j'adore voir l'éclair de panique qui passe dans ses yeux, la façon dont il serre le poing autour de l'emballage du préservatif. Ses iris passent du bleu au jaune, puis redeviennent bleus. « Je n'ai pas peur de ton loup, dis-je à voix basse. Je ne crierai pas cette fois. »

Il fait un pas en arrière et secoue la tête. « Je... je ne peux pas. Pas le contrôle. »

Je le suis, descends du lit et tends le bras vers sa taille. Je pose les mains des deux côtés de son jean déboutonné et le baisse jusqu'à ses chevilles pour libérer son érection. Mon regard fixé sur son visage, j'ouvre la bouche et prends son gland épais dans ma bouche.

Il avance son bassin, et je le sens grossir davantage entre mes lèvres. Le gémissement qu'il pousse a un timbre animal. Il plonge ses doigts dans mes cheveux. « Layne... tu es tellement belle. »

Je ne me suis jamais sentie aussi féminine, aussi attirante. J'ai envie qu'il se sente comme un roi. Je ne suis pas une experte, mais je sais que la fellation n'est pas de la science nucléaire. J'attire son membre aussi profondément que possible dans ma bouche avant de reculer.

Il gémit lorsque je m'écarte, ses doigts se crispent dans mes cheveux. *Mm-hmm.* Les résultats de ce test préliminaire semblent indiquer qu'il aime sentir ma bouche sur lui. Lorsque j'agrippe la base de son sexe pour le diriger vers mes lèvres, un autre frisson traverse son corps.

Aha. Tout porte à penser que mon homme aime qu'on le

tienne fermement. Je bouge ma bouche et ma main de concert, lèche une goutte de son essence salée.

Ses cuisses tremblent, le grondement dans sa poitrine devient plus fort. J'adore entendre sa respiration laborieuse au-dessus de ma tête. Avant que je puisse le faire jouir, il me pousse sur le dos. Ses bras et un coussin amortissent ma chute.

« Besoin de toi. » Son ton guttural est presque méconnaissable. J'entends le froissement de l'emballage, et il déroule le préservatif sur son membre raide.

« Moi aussi, j'ai besoin de toi », dis-je doucement en attirant son visage vers le mien.

Il me pénètre en un coup de reins à l'instant où nos bouches s'unissent.

Je pousse un cri, pas parce que c'est douloureux, mais à cause de la décharge de plaisir qui me transperce de part en part. Chaque terminaison nerveuse s'électrifie, chaque centre de plaisir se dilate. Je deviens aussi effrénée que lui, je griffe et remue pour le prendre plus profondément, pour rapprocher nos corps. Je soulève les hanches, frotte mon clitoris contre la base de son sexe à chacun de ses coups de bassin. Il m'emplit entièrement avant de ressortir.

Ma respiration s'affole et j'émets un bruit de plaisir mêlé de besoin.

« Encore », gronde-t-il, ses yeux complètement dorés. Il augmente la cadence et la force de ses coups de reins.

Comme si c'est moi qui étais l'animal, je mordille son épaule, lèche son oreille. Mes ongles griffent ses fesses lorsque je l'attire entre mes cuisses.

« Tellement. Bon. » Il semble parler entre ses dents étroitement serrées.

Mes yeux se révulsent.

« Peux pas arrêter. Peux pas. Oh bon Dieu, Layne, je peux

pas... » Sam lâche un grondement totalement animal en s'enfonçant entre mes cuisses.

J'enlace sa nuque et me colle contre son corps alors que mon orgasme déferle sur moi. Des feux d'artifice explosent derrière mes paupières. Chaque muscle de mon corps frémit tandis que mon bas-ventre se contracte autour de son membre.

Sam me mord, trop fort.

Je pousse un cri, mais la sensation déclenche une autre série de secousses dignes d'un tremblement de terre à travers tout mon corps. La douleur est éclipsée par la jouissance pure.

Sam essaie de se soulever pour ne pas m'écraser, mais comme je m'accroche à lui, il nous soulève tous les deux.

« Ne me lâche jamais », dis-je sans réfléchir avant de prendre conscience à quel point j'ai l'air ridicule.

Il lèche là où il m'a mordue. « Je ne te lâcherai pas. » Sa voix est encore rauque et très grave.

Il se lève, mon corps toujours accroché au sien, et nous installe sur le lit. Il enfouit son nez dans mes cheveux et dépose des baisers sur ma joue et dans mon cou. Quand je desserre enfin mon étreinte, il s'écarte légèrement et examine la morsure dans mon cou.

« Je t'ai marquée.

— Oui.

— C'est comme ça qu'un loup revendique sa compagne. Je n'ai pas fait exprès, mais un de mes crocs a percé ta peau pendant que tu jouissais. »

Je me redresse sur les coudes. Le brouillard post-orgasmique se dissipe et mon cerveau se rebranche. Je ne sais pas comment interpréter les informations que Sam vient de me fournir. « Une compagne, tu veux dire... comme une épouse ? »

Il acquiesce et se frotte la mâchoire, comme il le fait souvent. Je suis déjà attachée à ce geste familier. « Je... putain, je ne regrette pas. J'aimerais m'excuser, mais... » Un sourire étire le coin de ses lèvres, comme s'il ne pouvait le retenir.

Je ne peux m'empêcher de le lui rendre. « Tu ne regrettes pas ? » Je rougis en entendant l'espoir dans ma voix.

Il hausse les épaules. « Mon loup a eu ce qu'il voulait. Toi, ajoute-t-il en me regardant dans les yeux.

— D'accord. » Je ne trouve rien d'autre à dire. Je ne regrette pas, moi non plus, même si je ne sais pas précisément ce que ça signifie.

Le loup de Sam m'a choisie comme compagne.

Il sait que mes jours sont comptés et ça ne semble pas le déranger, alors pourquoi devrais-je protester ?

Il lèche à nouveau la morsure. « Ça fait mal, mon cœur ?

— Non. » Il s'allonge près de moi et m'attire contre son torse. « Tant mieux. Ce n'est pas très profond. Tu n'auras peut-être pas de cicatrice. » Il sourit. « Tu es officiellement ma compagne. J'espère que ça ne t'ennuie pas. »

Je me blottis entre ses bras tièdes. « Je ne sais pas ce que ça implique, mais ça ne me déplaît pas. »

Il embrasse mon front. « Je sais qu'on ne voulait pas se mettre en couple, ni toi ni moi. Tu es malade et je... risque de ne pas vivre vieux non plus. »

Mon cœur se serre, mais je repousse la peur. Je veux profiter de ce moment. Même s'il ne durera pas.

« Te rencontrer, te marquer, j'ai l'impression que c'est la seule chose de bien qui soit arrivée dans ma vie. Est-ce que ça a l'air dingue ?

— Oui, dis-je en un murmure. Merveilleusement dingue. Comme toi. »

 *am*

JE FAIS le tour de la résidence de Layne avant d'entrer à l'intérieur. Le jour ne s'est pas encore levé. Je me suis garé à plusieurs pâtés de maisons d'ici et me suis approché en restant caché dans l'ombre. Laisser Layne, nue et chaude dans le lit, m'a presque tué, mais l'idée qu'elle souffre parce que je l'ai empêchée de prendre son traitement me fait tout aussi mal.

Je continue d'essayer de culpabiliser de l'avoir marquée, mais je n'y arrive pas. Mon loup est carrément réjoui et pour la première fois depuis longtemps, peut-être même pour la première fois tout court, j'ai dormi toute la nuit sans faire de cauchemars.

Je ne me suis pas réveillé une seule fois couvert de transpiration, en train de déchirer le drap, de frapper contre la tête de lit ou les murs. C'est comme ce qui s'est passé dans le café.

Layne apaise la folie qui bouillonne en moi.

Donc, même si je l'ai marquée par accident et qu'aucun de nous deux n'est en position de se mettre en couple, je n'ai aucun regret.

Je suis heureux d'avoir une compagne pendant une petite période. De connaître la paix que ça m'a apporté. Le plaisir.

Oui, je parle déjà comme si ça allait se terminer, parce que je sais que ça arrivera.

On le sait tous les deux.

Elle est en train de mourir et je suis en danger. Arriver à faire tomber Smyth me coûtera probablement la vie.

Les clés de l'appartement de Layne ont été perdues pendant notre fuite, mais de toute manière, je ne serais pas passé par la porte d'entrée. Elle habite dans une résidence à El Cajon composée de maisons jumelles. Je déchire l'écran d'une fenêtre à l'arrière et crochète le verrou. Je détecte des restes d'odeur d'un mâle humain chez elle. Donc, sa maison a été fouillée.

Je suis certain d'une chose : quoi qu'il se passe dans ces labos, quelle que soit l'implication du gouvernement, ils ne veulent pas que ça se sache. L'explosion du bâtiment que j'ai fait sauter en Utah n'a jamais été rapportée dans les infos, et aucun journal n'a diffusé ma photo à la télévision après mon opération dans le labo californien.

Je trouve son traitement dans la salle de bains et prends le temps de rassembler sa brosse à cheveux et sa trousse de toilette avant de partir. À l'extérieur, je sens une odeur qui ne me plaît pas.

Des flingues.

Je deviens aussi immobile qu'une statue, déployant mes sens pour essayer de localiser le problème, mais je n'entends que des gens qui se réveillent chez eux et des oiseaux qui pépient doucement. Je ne sens pas d'autre métamorphe. J'attends aussi longtemps que je l'ose, mais à mesure que le jour se lève, le risque d'être vu augmente. Je disparais derrière la ligne d'arbres et escalade quelques grillages pour rebrousser chemin vers le fourgon.

Putain, j'espère qu'on ne m'a pas vu.

~.~

Layne

HIER SOIR, Sam m'a dit qu'il irait chercher mon traitement ce matin, mais je suis tout de même déçue de me réveiller seule. Non, à la réflexion, je suis contente qu'il ne soit pas là, parce que mes hanches et mes cuisses tremblent tellement que j'ai besoin d'un moment avant de pouvoir me lever.

J'examine la morsure dans le miroir de la petite salle de bains propre. Il n'y a qu'une plaie peu profonde. Elle picote un peu, mais la sensation ne fait que m'exciter. J'imagine que la douleur produit les même endorphines qui se sont libérées quand Sam m'a attachée au comptoir et m'a donné une fessée.

Un frisson qui n'a rien à voir avec la maladie de Barrington me traverse alors que je pense à mon incroyable amant. Il a enduré d'innombrables souffrances, pourtant sa passion est flamboyante. Cette nuit, chaque fois qu'il a commencé à s'agiter ou à gronder, j'ai posé la main sur son torse ou je lui ai parlé à l'oreille et tout son corps s'est apaisé.

J'ai travaillé si dur pour faire une différence dans le monde. J'ai essayé de sauver la vie de tous ces gens malades.

Mais la satisfaction que j'avais toujours pensé ressentir en y parvenant ne semble plus grand-chose en comparaison avec mon plaisir de voir l'effet que je fais à cet homme.

Cependant, je suis une idiote si je crois que ça se terminera bien entre nous. Je n'ai plus de travail, je suis en cavale parce que mon ancien employeur est à ma recherche, et potentiellement aussi le gouvernement. Des hommes veulent sans le moindre doute me supprimer.

Je dois donc faire ce que j'ai toujours fait : étudier le foutu problème en profondeur jusqu'à ce que je trouve une solution. J'ouvre l'ordinateur de Sam pour voir si je peux découvrir ce qu'il a volé sur les serveurs de DataX.

Y compris mes données.

~.~

Sam

J'ACHÈTE du café et des muffins à Starbucks avant de revenir au studio que nous a prêté Laurie. Layne sursaute quand je rentre dans la pièce.

Elle est assise sur le lit avec mon ordinateur, apparemment en train d'essayer de deviner mon mot de passe pour l'allumer. Heureusement qu'elle n'a pas encore fait la connaissance de Kylie, hackeuse extraordinaire.

Je hausse un sourcil. « Qu'est-ce que tu fais ? »

Elle se lève d'un bond et se tord les mains, ce qui me laisse sur le carreau. Je n'ai absolument pas envie qu'elle ait peur de moi. Pas alors qu'on est allés si loin.

« Je voulais aider. »

Je pose le café et les muffins sur la table de chevet et place mon index sous son menton. Elle écarquille légèrement les yeux, sa poitrine se soulève plus rapidement. Je capte de faibles effluves de son désir, comme si mon regard attentif l'excitait. « Tu n'as plus besoin de me mentir, Layne », dis-je d'une voix douce.

Elle se mord l'intérieur de la joue. « Ce n'est pas un mensonge... pas vraiment. » Ses épaules s'affaissent. « D'accord, oui, j'espérais copier mes recherches. Mais... »

Je pose un doigt sur ses lèvres pour l'interrompre. « Je sais que tes recherches sont importantes pour toi, et je t'ai promis de trouver un compromis. Bébé, je compte tenir parole. »

En remarquant que sa tête et sa nuque tremblent légèrement, je sors ses médicaments de ma poche en me maudissant de ne pas les lui avoir donnés tout de suite. « Tiens, tu en as besoin. » Je lui tends la boîte.

Ses mains tremblent lorsqu'elle l'ouvre et en sort une pilule. Je lui passe le café pour qu'elle puisse l'avaler et prends l'ordinateur. Je le déverrouille rapidement, ouvre les fichiers de DataX puis le lui rends.

C'est une preuve de confiance. Elle a placé sa vie entre mes mains, a accordé sa confiance à un loup déséquilibré résolu à se venger. Le moins que je puisse faire est de lui accorder la mienne.

Elle ouvre de grands yeux, puis sourit. « Merci. Mais j'aimerais vraiment aider. Qu'est-ce qu'on cherche ?

— N'importe quel indice qui nous mènera à Smyth.

— Et qu'est-ce qui te fait croire que Nash saura quelque chose ?

— Quand j'ai fait sauter le labo en Utah, un prisonnier se trouvait sur place. Un lion : c'était Nash. Il s'est échappé. Je pensais qu'il avait été enlevé et qu'on lui avait fait subir des expériences, comme moi, mais j'ai trouvé une photo dans son dossier. Regarde. » J'ouvre le fichier sur l'ordinateur. « Tu vois ? C'est Nash avec Smyth. » Les deux hommes portent un uniforme militaire, et ils ont l'air amis. Ils sont en train de se serrer la main. « D'après les notes, il se serait porté volontaire pour participer au programme. Et Nash est mentionné constamment dans les notes de recherche. Si j'ai bien compris, ils cherchent à créer une race de super métamorphes, dont Nash serait le seul géniteur. »

Layne frissonne. « C'est le truc le plus flippant que j'aie jamais entendu.

— Je sais. Un délire digne du Troisième Reich. Mais je pense qu'il aura des infos sur Smyth. Ou qu'il saura si le gouvernement est au courant.

— Tu crois vraiment que le gouvernement est impliqué ?

— Oui. Sinon, comment expliquer que l'explosion du laboratoire que j'ai fait sauter en Utah ne soit pas passée aux informations ? Ou le nombre de militaires qui semble travailler dans l'équipe de sécurité de ton labo ?

— Je vois ce que tu veux dire. »

Layne ouvre un autre enregistrement vidéo du programme de reproduction. Nash est avec la même femelle que plus tôt, mais cette fois, elle quitte sa cellule. La caméra zoome sur son cou.

« Bordel de merde.

— Quoi ?

— Il l'a marquée. » Si je ne me trompe pas, l'animal de Nash doit terriblement souffrir d'être séparé de sa compagne. « Trouve le dossier de la femelle. Elle s'appelle Denali Decker. »

Pendant que Layne lance une recherche pour trouver le fichier, je sors mon téléphone et envoie un message à Kylie :

Lis le dossier de Denali Decker. Stp, essaie aussi de la localiser pour moi.

J'ai besoin de pouvoir proposer quelque chose à Nash en échange des informations, et je crois que je viens de trouver. Si je peux localiser sa compagne, il devra m'aider à éliminer Smyth.

« Donc, tu as besoin de Nash pour retrouver Smyth. Et ensuite ? Pourquoi est-ce que tu cherches Smyth ? » Les yeux verts de Layne m'observent avec inquiétude. Elle connaît déjà la réponse.

Je serre les poings. « Quand je trouverai Smyth, je le tuerai. » Je détourne la tête pour ne pas voir la désapprobation dans son regard.

C'est ce que je dois faire. Révéler l'implication du gouvernement est important, tout comme mettre la main sur Santiago. Mais si je meurs en éliminant Smyth, j'estimerai que j'ai réussi ma vie. C'est lui qui m'a causé toutes ces souffrances. J'ai attendu patiemment ma vengeance.

Mon téléphone sonne. C'est Declan.

« Sam, dis-je en décrochant.

— Nash a accepté le combat, m'annonce Declan sans préambule. À deux heures cet aprèm. »

Je m'éloigne du lit pour éviter que Layne entende. « J'y serai.

— Avec Parker, on pense que tu devrais laisser tomber.

— Aucune chance.

— Comme tu veux, mon pote. Mais tu vas y laisser ta peau », lâche Declan avant de mettre fin à l'appel.

 ayne

APRÈS LE DÉJEUNER, Sam me laisse avec l'ordinateur et me dit qu'il a une course à faire. Au début, je suis ravie d'avoir du temps avec mes recherches. En ne me sentant que légèrement coupable, je transfère le fichier sur le Cloud pour pouvoir y accéder ultérieurement depuis n'importe où. Sam m'a assuré qu'il trouverait un compromis, et je le crois, mais mes recherches sont toute ma vie.

Pendant que les fichiers se chargent, un mauvais pressentiment me picote la nuque. Le soleil baisse dans le ciel. Il se fait tard.

Putain, où est Sam ?

Des coups contre la porte me font sursauter.

« Layne ? C'est m-m-m-moi », appelle Laurie. Lorsque j'ouvre, il me fait un sourire penaud et me tend un sac de nourriture. « Je t'ai apporté à manger.

— Merci », dis-je, mais je ne prends pas le sac. Quelque chose ne va pas. Sam a disparu et Laurie évite mon regard.

« Bon, je v-v-vais te laisser...

— Où est Sam ? »

Il ouvre de grands yeux. « Hum... »

Je secoue la tête. « Je le savais. Il me cache quelque chose. »

Laurie cligne des yeux sans rien dire, sa pomme d'Adam tressaute furieusement.

Je me dresse sur la pointe des pieds pour être la plus grande possible. « Où est Sam, Laurie ? »

Le grand métamorphe se recroqueville. « Il ne voulait pas te le dire... il est à la Fosse. Il va se battre contre Nash. »

~.~

Je sors de la voiture dès que Laurie se gare sur le parking.

« A-a-attends ! » crie-t-il dans mon dos. Avec ses longues jambes, il me rattrape sans mal.

« N'essaie même pas de m'arrêter », dis-je sèchement. Quelques bikers me regardent, en se demandant probablement ce qu'une humaine fiche ici, mais toutes les espèces savent reconnaître une femelle en pétard, et ils détournent rapidement la tête pour s'occuper de leurs affaires.

« Attends un peu, poupée. » Declan apparaît devant la porte et lève la main pour m'arrêter. « Ma belle, je pense pas...

— Je ne partirai pas avant d'avoir vu Sam. » Je tire sur mon col et dénude sa morsure, rouge et bien visible contre ma peau pâle.

« Est-ce que c'est... » Declan ne termine pas sa phrase, les yeux rivés sur la marque. Ses narines s'évasent.

« Une morsure de revendication », murmure Laurie. Il écarte délicatement mon col pour l'examiner de plus près. « Oh, Layne. Félicitations.

— Merci. » Je bats des cils pour lutter contre l'émotion qui me prend par surprise. Sam a des amis dans la communauté métamorphe, des personnes qui tiennent plus à lui qu'il ne le pense. « Vous devez me laisser entrer. Je dois l'arrêter.

— C'est dingue là-dedans, me dit Declan. Encore pire que l'autre fois. Sam voudrait pas que tu te mettes en danger.

— Surtout maintenant que tu es sa compagne », ajoute Laurie.

La seule chose plus effrayante qu'une femelle en furie est une femelle qui pleure. Je pense à ce que Sam et moi avons partagé hier soir, puis je l'imagine en train de saigner, à terre dans la Fosse, comme le dernier combattant qui a affronté Nash.

« Oh non. » Declan ouvre des yeux presque aussi grands que ceux de Laurie. « Ne pleure pas. Sam va me buter.

— S'il te plaît, laisse-moi passer. » Il finit par s'écarter à contrecœur.

Ils me suivent tous deux de près pendant que je descends au sous-sol. La salle est noire de monde. « Humaine », siffle quelqu'un quand je le passe près de lui, mais je l'ignore et me dirige droit vers la cage où s'affrontent les combattants.

Declan et Laurie m'aident à pousser la marée de spectateurs, mais j'atteins le grillage métallique autour du ring juste à temps pour entendre Parker finir d'annoncer le début du combat.

Je suis arrivée trop tard.

~.~

Sam

LES CRIS de la foule s'estompent en un rugissement muté tandis que Nash et moi tournons l'un autour de l'autre.

Le lion brille dans les yeux de Nash. De près, personne ne le prendrait pour un métamorphe sain d'esprit.

« Tu devrais pas être là, me dit-il.

— Tu as raison. » Je lève les poings. Il cligne des yeux, mais déporte automatiquement son poids, se prépare au combat.

« On est pareils, toi et moi », dis-je en évitant son premier coup. Je ne suis peut-être pas très lourd, mais ça me rend rapide en corps-à-corps.

« Je te connais ?

— Non, mais tu devrais. On a la même mission. » Je tente une attaque sans grand enthousiasme, parce que la foule nous hurle de commencer à nous bastonner.

Un pli barre son front alors qu'il enregistre cette information. « T'es dans les forces spéciales ?

— Non. Je veux détruire DataX. »

Quelque chose passe fugacement dans son regard, puis disparaît. « Je sais pas de quoi tu parles. »

Pendant une seconde, je le crois. Il est possible qu'il ait été si traumatisé qu'il ne s'en souvienne pas.

« J'étais là la nuit de ton évasion. Un autre loup métamorphe t'a libéré. Tu te rappelles ? »

Nash ne dit rien, mais ses lèvres se retroussent en une grimace effrayante. S'il ne se souvient pas du projet Alpha, ce n'est pas le cas de son lion. Il se jette sur moi et essaie de m'envoyer un coup de poing.

« Il est détruit. » Je recule, esquive et me glisse derrière lui. La foule se moque de moi.

« Quoi ? » La voix de Nash n'est qu'un grondement.

« Le laboratoire de DataX. Enfin, celui-là. Le cachot dans lequel tu étais enfermé et tous les bâtiments. Détruits. Rayés de la carte pour de bon. » Je parviens à donner un coup dans son flanc avant qu'il ne percute ma mâchoire d'un crochet qui m'envoie valdinguer contre la grille autour de la cage.

« Comment tu le sais ? » Il fond sur moi, poing levé.

Je pare, fais une roulade et me relève derrière lui. « C'est moi qui ai posé les bombes. »

Nash me regarde fixement pendant une seconde. J'ai l'habitude de cette réaction quand j'avoue avoir fait sauter des trucs.

« Tu ne mens pas, murmure-t-il.

— J'ai aussi volé leurs données. Les dossiers de leurs recherches, tout... J'ai tout effacé de leur système. »

Il secoue la tête. « Gamin... t'es taré.

— Démonte-le ! » crie quelqu'un dans le public. Ils sont venus pour assister à un combat. Ils veulent du sang.

Nash paraît se rappeler où il se trouve. Il prend son élan en déportant son poids sur ses talons. Quelque chose m'alerte dans ses yeux un instant avant qu'il projette son poing vers ma figure.

J'évite son attaque, mais de justesse. Je ne peux m'empêcher de sourire. Si Nash voulait vraiment me frapper, il l'aurait fait. C'est juste pour le spectacle.

Je lui donne un petit coup et m'éloigne prestement quand il veut riposter. On se jauge pendant quelques secondes puis on échange quelques coups, rien de sérieux.

« C'est pour ça que tu m'as défié ? Pour me dire tout ça ?

— Et pour te demander de m'aider. Je vais les faire tomber. J'ai besoin de ton aide pour les combattre. »

Nash prend une inspiration. La lumière dans ses yeux scintille de plus belle, puis meurt. « Je peux pas. Mon lion me laissera pas faire.

— Non, ton lion en a envie. C'est toi qui le retiens. » Je lui donne deux coups puis m'éloigne. Quand je me retourne, je n'affronte plus Nash.

J'affronte le lion en lui.

~.~

Layne

LES SPECTATEURS MURMURENT AUTOUR de nous, ils sentent qu'il se passe quelque chose d'anormal. Nash et Sam se tournent autour dans la cage ; on dirait presque qu'ils font semblant de se battre. Ils parlent, mais je n'entends pas ce qu'ils disent.

Puis, tout change brutalement.

Le poing de Nash vole, percute la mâchoire de Sam. Je grimace en le voyant se faire projeter en arrière et s'écraser de l'autre côté du ring.

L'éruption de joie de la foule fait trembler la Fosse.

« P'tain », grommelle Declan.

Je joue des coudes pour me rapprocher jusqu'à ce que je touche le grillage métallique de la cage. Sam s'est relevé, il évite les coups que Nash fait pleuvoir sur lui. Du sang coule de son nez, cassé après une attaque particulièrement brutale.

« On doit arrêter ça !

— Trop tard, ma belle. Faut juste prier que Sam restera couché quand il tombera à terre. »

~.~

Sam

J'ESSUIE la sueur qui trouble ma vision. Ma mâchoire palpite, tout mon corps me fait mal. Les métamorphes ont beau régénérer rapidement, la douleur reste la même. Les coups font quand même mal.

Et si Nash m'en assène suffisamment à la file, je finirai par tomber. Je m'en remettrai, mais guérir d'un choc à la tête peut prendre un certain temps.

J'ai besoin de montrer les vidéos à Nash et qu'il me dise ce qu'il sait. Je n'ai plus de pistes sur DataX. Il est ma seule chance de trouver Smyth.

Je dois remporter ce combat.

Nash me donne un autre violent coup à la tête. Je bouge juste à temps pour qu'il ne m'assomme pas. J'essaie de me défendre, avec de faibles attaques par rapport aux terribles bourrades de Nash.

Mais j'ai encore une carte à jouer.

« Je l'ai vue », dis-je en haletant lorsque le lion recommence à me tourner autour sans s'approcher. « La lionne qu'ils ont enfermée avec toi.

— Une parmi tant d'autres. » Derrière son expression vide, ses yeux sont tristes.

Je secoue la tête. « Pas celle-là. Elle était spéciale. Elle s'appelait Denali. »

Nash semble perplexe, se fige. Il perd sa posture de combat alors que son regard scintille de mille feux. Il se souvient.

« C'est ça, dis-je doucement. Tu te souviens d'elle, non ? Même si tu ne te rappelles pas, ton lion se souvient.

— Ils m'ont forcé. » Il respire rapidement. « Ils ont mis des femelles dans ma cellule et ils m'ont forcé...

— Elle était plus que ça pour toi. » J'insiste, même si les épaules de Nash s'affaissent. Son corps réagit pour le protéger du souvenir. « C'est pour ça que tu te souviens d'elle. Denali.

— Non, gronde-t-il. Ne dis pas son nom.

— J'ai vu la vidéo, Nash. Je sais qui elle est pour toi. Et ton lion le sait aussi, même si tu essaies de l'oublier de toutes tes forces.

— Une parmi d'autres, s'énerve Nash. Une femelle de plus que je devais engrosser. On a passé une nuit ensemble.

— Une nuit suffit. »

Du coin de l'œil, je vois un visage familier. Layne. Elle est pressée contre la grille et crie mon nom. Nash est dangereux, instable. Une bombe sur le point d'exploser. Mais je suis si proche de réussir.

J'inspire profondément et allume la mèche : « Tu ne l'as pas seulement engrossée, Nash. Tu l'as marquée. »

~.~

Layne

. . .

« Non ! » Le cri résonne dans la Fosse, un hurlement de souffrance qui fait taire le public.

Un lion apparaît, faisant exploser le corps de Nash, et se jette sur Sam. Toute la salle se met à hurler.

« Je n'y crois pas. Il a gagné, souffle Parker.

— Sur un point technique, mais en tout cas, il a gagné. » Declan secoue la tête.

« Quoi ? » Je me dresse sur la pointe des pieds.

« Il a réussi à faire muter Nash, murmure Laurie.

— Oh mon Dieu. » Le lion surplombe Sam, ses griffes plantées dans son torse. J'agrippe le bras de Parker. « Aidez-le ! »

Declan et Parker sont déjà en train de grimper dans la cage. Je les suis en hurlant : « Il faut maîtriser Nash !

— Putain, lâche Declan. Il peut pas se régénérer si les griffes sont plantées dans son cœur. »

Parker et Declan ralentissent lorsqu'ils découvrent la scène en entrant sur le ring. L'énorme lion tourne la tête vers nous et rugit. Mes jambes deviennent toutes molles.

« Nash, lâche-le », dit Parker, mais ni Declan ni lui n'osent s'approcher.

Sam inspire de l'air. Du sang coule de sa bouche.

Je pousse un cri perçant en courant vers l'animal. « Lâche-le ! Lâche-le tout de suite ! »

La grosse tête poilue se tourne vers moi, ses yeux dorés me lancent des éclairs meurtriers.

« Tu ne peux pas le tuer. » Je tire sur mon haut pour montrer la morsure écarlate déjà à moitié cicatrisée. « Il m'a marquée, tu vois ? C'est mon compagnon. *Mon compagnon.* »

Pendant une atroce seconde, j'attends que le lion ouvre

143

ses mâchoires et me dévore. Mais son énorme tête a un tres-sautement. Ses yeux reprennent un éclat normal. L'animal recule, laissant Sam en train de convulser sur le sol. Un jet rouge vif jaillit de son torse. Je tombe à genoux et appuie sur la blessure pour stopper l'hémorragie.

« Oh pitié, pitié.

— Sers toi de ça. » Laurie s'agenouille à côté de moi et me propose sa chemise. Le grand métamorphe est maigre, trop maigre, et sa peau est couverte de cicatrices. En une seconde, j'ai le temps de mémoriser son torse dans le moindre détail. Le monde ralentit, la foule autour de la cage disparaît. Rien ne compte à part l'homme en train de mourir sous mes doigts.

« Tu ne peux pas mourir », dis-je à Sam. C'est exactement comme avec ma mère. Je l'ai vue mourir. Je ne pouvais pas la sauver.

« Layne. » Quelqu'un dit mon prénom.

« Layne, répète Parker en s'accroupissant à mes côtés. Les blessures sont en train de se refermer. C'est un loup. Il va guérir.

— S'il meurt, je ne vous pardonnerai jamais, dis-je méchamment au métamorphe grisonnant.

— S'il meurt, on se pardonnera jamais. » Declan s'agenouille de l'autre côté de Sam et m'aide à essuyer le sang.

Je sens Sam frissonner, il tousse du sang.

« C'est ça, mon loup, faut que ça sorte. » Declan et Laurie aident Sam à se relever.

« Ne le déplacez pas... » Je veux les retenir, mais Parker me prend le bras et me tire en arrière.

« Non, ça va. Il a commencé à guérir dès que les griffes sont sorties de son cœur. »

Sam trébuche, mais son visage commence à reprendre des couleurs. Il est couvert de sang.

« Tu nous a fait flipper, mon loup, dit Declan. Nash a essayé de te transformer en kébab. »

Sam sourit faiblement. « J'ai connu pire. »

Je ne sais pas si je dois rire, éclater en sanglots ou tous les frapper.

« Qu'est-ce qui s'est passé ? demande Sam d'une voix rauque.

— Tu as gagné. Nash a muté. Et tu as failli mourir, explique Laurie. Il ne voulait pas te lâcher. C'est Layne qui l'a convaincu de le faire.

— J'avais jamais rien vu de pareil. Elle a tenu tête aux Roi des Animaux, dit Declan.

— Vous... l'avez laissée faire ? » Sam a du mal à respirer.

Je me libère d'entre les bras de Parker et presse mes doigts sur les lèvres ensanglantées de Sam pour le faire taire. « Ils n'ont pas réussi à m'arrêter.

— Mesdames et messieurs, je vous donne le vainqueur de ce combat : Sam Smith ! » annonce Parker dans le micro.

Les personnes présentes dans le public se déchaînent en un mélange de cris de liesse et de huées.

« Vous feriez mieux de le faire sortir, dit Parker. Beaucoup de monde a perdu de l'argent quand Sam a remporté le combat contre Nash. »

Laurie et Declan échangent un regard.

« On ferait mieux d'y aller aussi, marmonne l'Irlandais.

— Doucement », dis-je alors que Declan et Laurie soulèvent Sam. Il a déjà l'air d'aller mieux, ce qui est bon signe.

Parce qu'une fois qu'on sera seuls, je vais le tuer.

~.~

Sam

PARKER NOUS FAIT SORTIR de la cage et appelle les filles en tenues léopard sexy pour qu'elles viennent danser. Laurie, Declan et Layne m'entourent, poussent les gens pour se frayer un passage. Je vois des visage hostiles partout où je pose les yeux, accompagnés de grondements menaçants.

« Courez », nous conseille Declan, et on trotte jusqu'à la sortie arrière, celle des combattants. Quatre gros videurs referment la porte derrière nous, bloquant la foule qui essaie de nous attaquer.

« Par ici. » Parker nous guide jusqu'à un vestiaire. Il ouvre un des casiers et en sort une trousse à pharmacie qu'il lance sur le banc. « Allongez-le, on va faire des pansements.

— Mais non, ça va. » Je repousse les mains de Laurie.

Layne approche son visage tout près du mien. « Non, ça ne va pas, lâche-t-elle. Tu as failli mourir.

— Je suis en train de guérir », dis-je doucement, mais elle m'ignore. Elle enfile une paire de gants et sort un bandage rose vif du kit de secours.

« Je vais te chercher de la viande », dit Parker en sortant de la pièce.

Declan et Laurie reculent pendant que Layne commence à s'occuper de mes blessures.

« J'ai jamais eu le fantasme de l'infirmière, finit par dire Declan.

— T'as intérêt à ce que ça commence pas », je gronde avant de tressaillir lorsque Layne tire sur la bande d'un coup sec. Il va falloir beaucoup de fleurs et de chocolats pour qu'elle me pardonne, mais je ne peux m'empêcher de ressentir une joie étourdissante à l'idée d'avoir une compagne qui tient à moi.

« Laissez-nous un moment, les garçons », réclame Layne. Declan et Laurie s'éloignent en prenant la même direction que Parker.

Elle se penche au-dessus de moi, ses joues empourprées. Sa poitrine étire son haut fin. Comme s'ils savaient que je les regarde, ses tétons se dressent, visibles à travers son soutien-gorge et son haut. Je sens l'adrénaline battre dans mes veines, et je sais qu'elle doit être affectée aussi.

« Tu sais, dis-je en caressant l'arrière de sa jambe, certaines femmes trouvent les combattants sexy. » C'est idiot. Essayer de flirter avec une fille en colère est aussi débile qu'essayer de draguer une fille que je viens de kidnapper. Et ça marche tout autant.

Elle enlève les gants et me frappe avec. « Tu as de la chance que je ne t'arrache pas la tête. Qu'est-ce qui t'a pris ? Affronter Nash ? »

J'essaie de me redresser sur les coudes, mais elle pose la main sur mon sternum et appuie pour que je me rallonge. « Je suis désolé. Je ne te l'ai pas dit parce que je ne voulais pas que tu t'inquiètes. C'est le seul moyen que j'ai trouvé pour lui parler. »

Lorsqu'elle secoue la tête, je grimace en voyant les larmes qui emplissent ses yeux. Je préférerais que Nash me replante ses griffes dans le cœur plutôt que de savoir que j'ai fait souffrir ma compagne.

« Sam, je suis en train de mourir. » Une douleur fraîchement renouvelée traverse mes blessures en train de cicatriser. « Je ne sais pas combien de temps il me reste... Un an avant de perdre le contrôle de mon corps ? Une année de plus avant que mon cerveau décline et que je devienne un légume ? J'ai vu ce qui est arrivé à ma mère, et ce n'est pas joli à voir. »

Elle secoue la tête. « Je ne pourrais pas te demander de le vivre.

— Layne, qu'est-ce que tu dis ?

— Je ne peux pas continuer. Je ne peux pas être en couple. »

Bon Dieu. Elle est en train de rompre avec moi. Même si je n'ai rien à lui offrir, tous mes organes se révoltent, prêts à cesser de fonctionner en signe de protestation.

Sauf que... elle a toujours l'air énervée. Ce qui signifie que j'ai encore une chance. Une femme en colère, ce n'est pas la même chose qu'une femme résignée. Ça veut dire qu'elle n'est pas indifférente.

Elle enfonce son index dans mon torse. « Mais *toi*, tu ne meurs *pas*, Sam Smith. Tu es un loup jeune, intelligent, séduisant et extrêmement doué, avec toute ta vie devant toi. Tu ne peux *pas* sacrifier ta vie pour cette quête stupide. »

Je la regarde sans rien dire en me demandant sur quelle partie de son discours me concentrer. *Jeune, intelligent, séduisant* ? Mon loup a envie de danser de joie autour de ses jambes. Mais j'assimile ensuite le reste.

« Ce n'est pas une quête stupide. »

Dr Layne Zhao peut être têtue, mais elle n'a pas idée à quel point je suis déterminé. J'ai fait le serment de ne pas connaître de répit avant d'avoir fait tomber Smyth, et je compte bien m'y tenir.

Layne semble perdre toute velléité et baisse la tête, ce qui est mille fois pire que la voir énervée. « Ce n'est pas ce que je voulais dire. Je comprends que tu essaies d'aider les gens, toi aussi. Tu essaies d'empêcher que de nouvelles injustices soient commises, et c'est une cause noble. Mais à quel prix ? » Elle écarte les bras avec des yeux implorants. « Ça ne vaut pas la peine de perdre la vie pour ça. »

Un poids aussi lourd qu'une brique s'est logé dans ma

poitrine et refuse de bouger. Régler mes comptes avec Smyth *est* le but de ma vie. Ça m'est égal de mourir en l'accomplissant. D'ailleurs, j'ai toujours pensé que ce serait le cas.

« Layne... » Je me frotte le front. « Je n'ai pas de vie. Je suis brisé. Smyth m'a brisé avant même que je devienne un homme. Tu as vu Declan, Laurie et Nash. Ils sont abimés, eux aussi. Je n'ai aucune raison de rester en vie... Je n'en ai jamais eu. Alors, toi et moi, on est similaires. Tu utilises tes derniers moments pour faire avancer la science et sauver des vies. Je me sers des miens pour mettre un terme à cette opération. »

Une larme coule sur sa joue, mais elle donne une tape sur le côté indemne de mon torse. « Tu te trompes ! Tu n'es pas brisé, mais tu as été profondément blessé. Si j'ai bien appris une chose aujourd'hui, c'est que les loups guérissent. Alors, bordel, guéris. Tu as des amis qui tiennent à toi. Tu as... » Elle s'interrompt et déglutit. « Tu m'as, moi. Ta compagne. »

Je tends les bras et la serre contre ma poitrine. L'odeur de ses larmes donne envie à mon loup de s'arracher la fourrure jusqu'à ce qu'il trouve comment la réconforter. « Vraiment ? Je croyais que tu étais en train de me quitter. »

Elle frappe à nouveau mon torse. « Je te quitterai si tu me refais un coup pareil ! crie-t-elle à travers ses sanglots.

— Bébé. » Je l'étreins encore plus fort, caresse ses cheveux ébène. « Ma belle docteur. Je suis désolé de t'avoir inquiétée. »

Elle essaie de s'écarter. « Ne me dis pas que tu es désolé. Dis-moi que c'est *fini*. Dis-moi que tu feras honneur à la vie que tu as. Si tu ne le fais pas pour toi, fais-le pour moi. Je n'ai pas la chance d'en avoir une. »

Ma gorge se noue et mes yeux piquent. J'enfouis mon visage dans ses cheveux. « C'est promis », dis-je en un murmure bourru.

Quelqu'un se racle la gorge. Ils sont de retour. Declan et Laurie ont l'air un peu stupéfaits par la scène entre Layne et moi. Parker s'approche de nous et pose une vieille glacière sur le banc.

« Tiens, dit-il. De la viande fraîche. Tu as besoin de sang.

— Est-ce que c'est une bonne idée de manger maintenant ? » Layne paraît atterrée par le gros steak cru sanguinolent que je sors de la glacière.

« Oh oui, dis-je en gémissant avant de mordre dedans. La nourriture des dieux.

— Nash est parti, m'apprend Parker. Et il a laissé des sales marques de griffes sur la porte. Mais il vient de m'envoyer un message avec un lieu et une heure.

— Est-ce que ça veut dire... » Layne ne termine pas sa phrase.

Parker hoche la tête. « Il accepte de vous rencontrer. »

ayne

NASH HABITE dans une caravane qui me fait penser au mobile home de Sam, installée sur le flanc d'une colline.

L'ancien soldat sort sur le porche lorsque Sam gare le fourgon devant chez lui. Pieds nus, il porte un jogging et un T-shirt vert de l'armée. Ses bras sont croisés sur son torse impressionnant alors que nous grimpons les marches pour le rejoindre.

« J'ai essayé de leur dire de ne pas venir, dit Sam en montrant Declan et Laurie du pouce.

— On est une équipe, affirme Declan. Et en plus, j'ai apporté de la tise. »

Un grondement grave vibre dans la gorge de Nash, mais il s'interrompt brusquement et s'écarte pour nous laisser entrer.

« Tu es fou ? » dis-je en murmurant à Declan une fois dans la caravane.

L'Irlandais hausse les épaules. « Tu as apprivoisé le minou. »

Nash se retourne avec un regard noir. « J'ai entendu.

— Tiens, toute la meute est là, dit Parker depuis le canapé avant de lever son gobelet rouge pour nous saluer.

— On n'est pas une meute, proteste Sam.

— C'est toi qui le dis. » Declan passe un bras autour de mes épaules. « On est une drôle de bande, pas vrai, poupée ? »

Sam gronde.

« Je crois que Sam n'aime pas que tu m'appelles *poupée*, dis-je en ôtant le bras de Declan.

— Non, mon loup ? Tu veux me casser la gueule ? »

Je lève un doigt avant que Sam puisse répondre. « Laisse-moi clarifier. Je n'aime pas que tu m'appelles comme ça. C'est clair ?

— D'accord. » Sans se départir de son sourire, Declan recule. « Clair comme de l'eau de roche. »

Laurie glousse.

Je lui décoche un regard sévère pour faire bonne mesure.

« Alors Layne, comment est-ce que tu as rencontré Sam ? » demande Parker.

Je me tourne vers le métamorphe aux cheveux gris. « Il est entré par effraction dans mon labo, a volé mes recherches et m'a kidnappée. »

Laurie s'étouffe sur son verre.

« Puis je lui ai tiré dessus avec un pistolet tranquillisant et je l'ai abandonné sur le bord de la route. Mais Sam m'a retrouvée juste au moment où les hommes de main de DataX s'apprêtaient à me tuer, et il m'a sauvé la vie. » Je hausse les épaules. « On est inséparables depuis.

— Je vois », dit Parker.

Sam s'éclaircit la gorge. « Ce n'est pas que j'aime pas

cette petite réunion, mais j'ai besoin de parler à Nash en privé. » Il soulève son sac d'ordinateur. « J'ai quelque chose à lui montrer. Quelque chose de personnel.

— Faites votre truc », dit Declan en secouant la main. Il a pris la bouteille de Parker et est en train de resservir Laurie. Je ne sais pas ce qu'est le liquide transparent, mais ça sent la térébenthine.

Je secoue la tête. Ces types sont fous.

« On peut discuter là-bas », dit Nash en montrant le couloir menant au fond de la caravane d'un mouvement de tête.

Sam me prend la main. « Tu es sûr ? » dis-je en un souffle, mais il acquiesce.

Nash nous mène jusqu'à une chambre. Sans hésiter, Sam s'assied sur le lit et ouvre son ordinateur.

« Voilà la vidéo. » Il tourne l'écran vers Nash et lui tend des écouteurs avant de se lever et de me tirer dans le couloir. « Nash a besoin de regarder ça tout seul. »

Je hoche la tête et laisse Sam m'étreindre. Je n'ai pas besoin de voir ou d'entendre la vidéo pour savoir ce qu'elle contient : des moments entre Nash et sa compagne.

Sam me garde dans ses bras pendant quelques minutes. On a laissé la porte ouverte, et je jette régulièrement un regard oblique en direction du lion. Son expression est vide, mais ses yeux flamboient.

Il finit par enlever les écouteurs. « Elle est où ?

— Je ne sais pas. J'ai juste trouvé la vidéo. Je ne l'ai pas regardée, précise Sam. J'ai passé la plus grande partie en accéléré, mais c'est très clair à la fin. Tu l'as marquée. »

Nash est si immobile que je me demande un instant s'il respire encore.

« Je ne me rappelle pas, commence-t-il avant de s'interrompre pour tousser. Je l'avais oubliée. Je me suis forcé à oublier. Mais au fond, je l'ai toujours su.

— C'est ta compagne, dit Sam. Elle est en vie. Son dossier dit qu'elle s'est échappée. Je t'aiderai à la retrouver, mais d'abord, on doit éliminer Smyth. »

Le regard de Nash se reconcentre. « Qu'est-ce que tu attends de moi ?

— Je ne sais pas où il est. Dans ton dossier, c'est écrit que tu es entré dans DataX via l'armée. J'ai besoin d'une piste pour trouver Smyth. J'espérais que tu pourrais me dire quelque chose qui m'aiderait à retrouver sa trace.

— Tu peux nous raconter comment tu as connu Smyth ? C'était après avoir quitté les forces spéciales, c'est ça ? »

Le regard de Nash repart dans le vague. « J'étais... désespéré. Je souffrais de stress post-traumatique après l'Afghanistan et mon lion adorait tuer. J'avais besoin d'aide. Smyth était médecin dans l'armée. Il m'a dit qu'il pouvait m'aider.

— C'est ce qu'il m'a assuré aussi, dis-je. J'ai fini par travailler pour lui, jusqu'à ce que Sam arrive et me montre la vérité. »

Nash hoche la tête.

« Je l'ai suivi en pensant qu'il allait me soigner. Il y avait des tests... des tests d'endurance, pour déterminer les seuils de douleur. Ça me dérangeait pas, mais j'étais toujours dans un aussi sale état. J'ai commencé à poser plus de questions.

» Smyth m'a donné les mauvaises réponses. J'ai compris qu'ils n'essayaient pas d'aider les soldats à se remettre de la guerre. En fait, ils faisaient des expériences pour essayer de créer des super soldats. Ils voulaient reproduire les capacités de régénération des métamorphes pour les utiliser sur les humains. J'ai décidé de fouiller le centre de recherche. C'est là que j'ai trouvé les autres sujets de tests. La plupart était en train de mourir à cause des expériences que Smyth leur faisait subir. Certains étaient jeunes, à peine des adolescents. Mon lion s'est libéré et j'ai attaqué Smyth. »

Il serre les mâchoires. « Et je suis devenu un prisonnier, moi aussi. Incapable d'aider qui que ce soit, murmure-t-il en tournant la tête vers la fenêtre. Incapable de l'aider... *elle*.

— Elle a quand même réussi à s'échapper. Elle est libre, mais elle n'est pas en sécurité. Aucun d'entre nous ne l'est tant que Smyth reste en vie », dit Sam.

La lueur folle revient dans les yeux de Nash. « Alors, on va le supprimer », déclare-t-il sombrement.

Sam hoche la tête. « Aide-moi à le trouver, et je te promets de retrouver ta compagne. »

CHAPITRE ONZE

 *am*

« Viens », dis-je à Layne en lui prenant la main alors qu'on sort de chez Nash. Laurie, Declan et Parker sont toujours en train de boire l'alcool à l'odeur redoutable que Declan a dégotté je ne sais où. Je me sens presque désolé pour Nash jusqu'à ce que je me rappelle la sensation de ses griffes contre mon cœur.

Un Irlandais passablement éméché en train de chanter des chansons paillardes remontera peut-être le moral au lion. Et sinon, il peut toujours les mettre dehors.

« Où est-ce qu'on va ? » demande Layne en marchant à côté de moi. Je la guide jusqu'à une moto, une vieille Triumph bricolée par Declan. Il m'a fait promettre de la lui ramener en un seul morceau.

Les échos d'une chanson sur le grog nous parviennent. Je doute que Declan remarque si on rentre avec un peu de retard.

« Une moto ? Vraiment ? » Le visage de Layne s'illumine.

Je lui passe un casque. « Tu en as déjà fait ?

— Non, mais j'ai toujours eu envie.

— Grimpe, mon cœur. » Lorsqu'elle est montée, je place ses bras autour de ma taille. « Ça va ?

— Oui ! Tu ne devrais pas mettre un casque aussi ? »

Je me contente de hausser une épaule et démarre brusquement la moto. Son cri ravi me comble. On fonce sur la route touristique qui mène à la plage de La Jolla, en ne faisant qu'un arrêt dans une boutique pour acheter un maillot de bain à Layne.

« Merci », dit-elle en me prenant la main lorsque j'ai garé la moto à l'entrée de la plage. Je la suis vers le sable comme un toutou avec un grand sourire de bienheureux, mais ça m'est égal.

Quelques heures plus tard, je me dis qu'emmener Layne à la plage n'était pas mon idée la plus lumineuse.

La voir danser entre les vagues de l'océan dans ce petit bikini bleu met sérieusement à mal mon self-control. Mes yeux n'arrêtent pas de se poser sur le petit triangle bleu qui recouvre l'endroit où j'ai envie d'être.

Mais on n'est pas ici pour moi.

La colère de Layne hier m'a fait prendre conscience de la dure réalité : il ne lui reste pas longtemps à vivre.

Il ne lui reste pas longtemps, et elle en a à peine profité. Elle a passé son temps enfermée dans une salle de classe ou dans un labo.

Alors j'ai décidé que c'en était assez. On n'a peut-être aucun avenir ensemble, mais on a ce moment.

Aujourd'hui.

Je dois me rattraper après l'avoir inquiétée avec le combat de la veille, et pas qu'un peu. Je ne peux pas abandonner ma mission, débarrasser le monde de Smyth, mais je peux faire en sorte que Layne vive des expériences plaisantes et découvre les avantages à habiter dans le sud de la Californie.

Je la rejoins en courant dans l'eau, la soulève par la taille et l'entraîne un peu plus loin.

Elle pousse un cri aigu et entoure ma taille de ses jambes, exactement comme je l'imaginais. Je m'arrête lorsqu'une vague s'écrase autour de nos tailles, puis continue. Nos lèvres s'unissent. Elle sent le sel, le soleil et cette fragrance de jasmin qui émane de sa chevelure.

« Je n'aurais jamais imaginé que je me retrouverais ici, avoue-t-elle.

— Où ça ?

— Pas à cet endroit. En train de faire ça. Une sortie romantique à la plage avec mon petit ami. »

Les mots *petit ami* envoient des feux d'artifice exploser dans le ciel tout autour de moi. Je suis un loup. Quand on se met avec quelqu'un, c'est pour la vie. Mais je suis tellement fier qu'elle me considère comme son petit copain que mon cœur récemment recollé manque d'éclater dans ma poitrine.

Je pose mon front contre le sien. « C'est romantique ? J'espérais, mais je n'étais pas sûr. » Et voilà, je recommence. Je ne sais vraiment pas draguer. Un mâle alpha n'admettrait jamais sa faiblesse. Même à sa compagne.

Mais ça ne semble pas déranger Layne que je ne sois pas un alpha.

« Tu sais ce que je n'arrive pas à comprendre ?

— Quoi ?

— Comment c'est possible que tous les mecs à des kilomètres à la ronde ne soient pas venus frapper à ta porte pour te revendiquer. Tu te rends compte à quel point tu es bandante dans ce bikini ? »

Les cuisses de Layne serrent ma taille, et elle m'embrasse

à nouveau. Je n'arrive à penser qu'au petit morceau de tissu mouillé qui nous sépare.

Je grogne. « Sérieusement, mon cœur. Il faut que tu arrêtes si tu ne veux pas que je te mette à quatre pattes dans le sable et que je te baise jusqu'à ce que tu me supplies d'arrêter. » Je laisse ses hanches retomber plus bas, approche son bouton de plaisir de mon membre raide.

Ses cuisses se contractent à nouveau, ses mamelons durcissent et se dressent. Quand elle se déhanche pour se frotter contre moi, je manque de perdre pied. « À la réflexion, continue. Continue de frotter cette douce chatte contre ma queue, je vais trouver un moyen de te faire jouir. »

Je la ramène en direction de la rive tout en cherchant des yeux un endroit, n'importe où, où on pourrait être seuls, mais la plage est bondée. Je change de direction et repars dans l'eau. J'avance jusqu'à ce qu'elle nous arrive à la poitrine. Lorsqu'une vague nous éclabousse, je saute pour garder nos têtes hors de l'eau.

« Et ça ? » Je pose les mains sur ses fesses et l'aide à se frotter plus vigoureusement contre la bosse dans mon maillot. « Est-ce que tu pensais que tu baiserais avec ton petit ami dans l'océan un jour ?

— Non, répond-t-elle en haletant. C'est ce qu'on va faire ? »

J'observe son visage, mais ne vois aucun signe d'inquiétude ou de réticence. Seulement un désir enhardi. Je lèche l'eau de mer dans son cou et donne un coup de bassin contre le petit triangle en tissu bleu. « Je n'ai pas de capote », finis-je par dire à regret. Et de toute façon, je ne pense pas qu'elle tiendrait dans l'eau de mer. « Mais je te parie un vol en montgolfière que je peux te faire jouir. »

Elle éclate de rire, un sourire éclaire son beau visage.

« Un vol en montgolfière ? » Elle se tord le cou pour regarder le ciel, comme si elle s'attendait à en voir une tout de suite.

C'est ce que j'ai prévu pour cet après-midi : un vol au-dessus de Del Mar au coucher du soleil. Mais je veux m'assurer qu'elle n'a pas le vertige.

« Chiche, mon loup », murmure-t-elle.

Je déplace mes mains, ce qui est facile parce que c'est l'eau qui porte le poids de Layne. Je place une paume sur la raie de ses fesses tandis que le pouce de mon autre main se pose sur son clito. « Accroche-toi à mon cou, mon cœur. N'hésite pas à me griffer ou à me mordre, si tu veux. Ça me motivera juste encore plus à te donner un orgasme, bébé. »

Ses yeux sont mi-clos. Des perles d'eau recouvrent son visage et scintillent comme des diamants sur ses paupières, ses joues, ses lèvres. Elle a tout d'une divinité marine, ou d'une sublime déesse de la féminité.

Je glisse mon majeur entre ses fesses, par-dessus son maillot, jusqu'à ce que je trouve son petit anus serré.

Elle m'offre un cri de gorge à l'instant où je le touche, et j'en profite pour caresser son clitoris plus énergiquement. Elle se cambre, se déchaîne contre mon érection. J'alterne entre stimuler son anus et son clito jusqu'à ce qu'elle gémisse et frotte ses seins parfaits contre mon torse alors qu'elle griffe mon dos jusqu'au sang.

« *Sam* !

— C'est ça, mon cœur. Dis mon nom avant de jouir. Rappelle-toi qui t'a marquée.

— Sam, oui, Sam ! » Elle crie et convulse contre moi, ses yeux se ferment puis s'écarquillent, comme si elle était surprise par la force de son orgasme. « Ohhh, oh. » Elle gémit lorsqu'il se termine et son corps se détend contre le mien. Elle me mord l'oreille. « Et toi, mon loup ?

— Je ne sais pas si j'aime que tu utilises le surnom que

m'a donné Declan », dis-je d'un ton pince-sans-rire, mais j'ai un petit sourire aux lèvres. Je la porte jusqu'à la plage et la pose délicatement sur une des serviettes que j'ai achetées.

Je m'assieds rapidement à mon tour pour cacher mon érection. « Je profiterai de ce petit corps sexy plus tard », dis-je sur un ton de promesse.

Ses pupilles se dilatent et elle s'humecte les lèvres. « J'adore quand tu profites de moi. »

J'ouvre le sac de nourriture que j'ai apporté pour notre pique-nique. Je n'ai pas faim, j'ai surtout besoin de penser à autre chose qu'à la prendre vingt fois d'affilée sur le sable.

Devant tous les baigneurs.

Du calme, mon grand. Cette journée est pour Layne. J'ouvre une boîte de fraises et en place une dans sa bouche. Du jus coule sur ses lèvres. Je me penche pour le lécher avant de lui en donner une autre.

« La dernière fois que je suis allée à la plage, c'était avec ma mère », dit Layne.

Je me fige. « Ah oui ?

— Oui. Ma mère adorait l'océan. Elle m'emmenait souvent à Baker Beach. On passait la journée à jouer dans les vagues. »

Je lui prends la main. « C'est dur ? De revenir sur une plage ? »

Elle secoue la tête. « Non, c'est parfait. Toute cette journée est parfaite, Sam. Merci. » Elle se penche pour embrasser le coin de ma bouche.

Je déballe un sandwich et le lui donne. « Ce n'est pas tout.

— Ah bon ? Comment ça ?

— Tu te souviens de notre pari ? »

~.~

Layne

JE N'AURAIS JAMAIS PENSÉ qu'une piscine pouvait avoir la forme d'un piano à queue. Et pourtant. Je suis dans une mont-golfière en train de regarder les jardins des habitants riches et célèbres depuis le ciel. Apparemment, la piscine en forme de piano a été installée par Liberace, mais il a vendu la propriété il y a plusieurs années.

Je pose la main sur le coude de Sam et me hausse sur la pointe des pieds pour regarder par le bord du panier. « Regarde ça ! » dis-je pour la quarante-cinquième fois.

Sam ne regarde pas le paysage ; il m'observe, moi. Il a une expression apaisée et heureuse que je n'avais jamais vue sur son visage.

J'enlace son cou et l'embrasse. « Merci », dis-je à voix basse pour que les autres personnes dans le panier n'entendent pas notre échange. « Je sais ce que tu es en train de faire. »

Il m'attire contre son corps ferme. « Qu'est-ce que je fais ?

— Tu veux t'assurer que je profite de la vie avant de mourir. »

Il me serre plus fort, mais ne dit rien.

J'ajoute doucement : « Si j'avais envie de faire des choses avant de mourir, te rencontrer serait la première d'entre elles. »

Je n'ai jamais été du genre à ouvrir mon cœur facilement, mais c'est comme si je pouvais sentir que le temps nous est compté... avant ma mort. Ou celle de Sam, parce que j'ai l'impression qu'il est loin d'être tiré d'affaire. Nous n'avons pas de temps à perdre. Si je veux connaître l'amour avant de mourir, c'est maintenant ou jamais.

Je suis dans une montgolfière avec l'homme le plus incroyable que je connaisse.

Sam ne répond rien, mais sa respiration est irrégulière, comme s'il avait du mal à gérer ses émotions. Je sais que ma maladie est sacrément difficile à accepter.

Je pose ma joue contre son torse et regarde la vue tandis que nous flottons juste en dessous des nuages.

« Moi aussi », lâche-t-il finalement, la voix nouée.

Je rencontre son regard. Ses yeux bleus sont clairs, mais la profonde douleur que j'ai lue en eux la première fois que l'on s'est rencontrés est encore plus présente.

« Alors, on a réussi nos vies. » J'essaie d'alléger l'atmosphère, mais ma plaisanterie tombe à plat. On se regarde longuement sans rien dire.

Quelque chose en moi hurle : *je n'ai pas encore fini ! J'ai encore des choses à vivre !* Mais ce n'est pas moi qui choisis.

Même si j'aimerais qu'il en soit autrement, je ne peux pas faire le choix de la vie, pas plus que je ne peux forcer Sam à le faire.

CHAPITRE DOUZE

am

JE CROYAIS que j'avais assez souffert pour une existence entière, mais je suis littéralement en train de me sentir mourir à l'intérieur. Comment cette journée parfaite avec Layne peut-elle être à la fois si douce et si douloureuse ?

Mon loup veut se battre, mais il n'y a personne à démembrer. Personne à punir pour la maladie dont elle souffre. Celle qui va lui voler sa vie, bien trop vite.

Je la garde serrée contre mon flanc ou dans mes bras pour le reste du vol, pendant la tournée de champagne une fois à terre et le trajet du retour jusqu'à chez Laurie.

Pourtant, je sens que je me replie en moi. Puisqu'il ne peut pas combattre, mon loup veut choisir l'autre meilleure option : prendre la fuite. Les cliquètements métalliques tourbillonnent dans mes oreilles, deviennent de plus en plus forts à chaque seconde.

Je nous ramène je ne sais comment jusqu'au studio, mais

j'entends à peine Layne quand elle parle, et je ne saurais pas dire si je lui réponds.

Je sors mon téléphone qui sonne dans ma poche.

« Dis-moi que je déchire tout. » Un bébé babille derrière la voix triomphante de Kylie.

Je sors dans le jardin avant de répondre. « Qu'est-ce que tu as trouvé ?

— Un autre labo. Je suis presque sûre que c'est un QG.

— Où ça ?

— C'est un laboratoire privé, mais j'ai trouvé des traces de financements provenant du Mexique et du gouvernement américain.

— Dis-moi *où*. » Mon cœur bat à tout rompre.

Parfait.

C'est exactement ce dont mon loup a besoin. Me lancer à la poursuite de Smyth. Je cherchais quelqu'un à punir, et je l'ai, lui. Il n'est pas responsable de la maladie de Layne, mais il a envoyé des hommes pour l'assassiner. C'est suffisant. Voilà ce que je peux faire, pour améliorer les choses pour Layne et pour tout le monde.

« Attends, une seconde. »

J'entends la voix de Jackson dans le combiné. « N'y va pas tout seul. » Il utilise son ton d'alpha, ce qui calme légèrement mon agressivité.

« Non. J'ai du renfort. » Ce n'est pas vraiment un mensonge. Nash a accepté de m'accompagner.

Jackson reste silencieux un moment. Il sait probablement que je lui raconte de la merde. « Ça ne me plaît pas. Je préfère que tu attendes Garrett et la meute. Ils veulent être là aussi.

— *Où est le putain de labo* ?

— Temecula. » Jackson me répond à contrecœur, mais je sais que j'ai gagné. Ils vont me donner l'adresse.

« Garrett et la meute prendront le premier avion qui part demain matin, ou alors ils vont arriver cette nuit par la route. »

Rien à foutre. Je n'attendrai pas jusqu'au matin.

Je fais une tentative de voix alpha de mon cru : « Envoie-moi l'adresse.

— Ne fonce pas tête baissée. Je sais que c'est personnel pour toi, mais c'est dans ces moments que tu prends les pires décisions.

— Ouais, c'est personnel. C'est pour ça que tu vas m'envoyer l'adresse. *Maintenant.* »

Jackson grommelle un juron. En général, je n'ouvre pas autant ma gueule devant mon alpha, et je pense que c'est pour ça qu'il sait à quel point c'est important pour moi. « Kylie va te l'envoyer. Garde ton foutu téléphone allumé pour qu'on puisse te joindre.

— Ça marche. » J'ai le souffle coupé, l'adrénaline envahit déjà mon corps. « Merci. »

Quand je raccroche et me retourne, je découvre Layne sur le pas de la porte. Elle semble avoir été frappée par la foudre.

Merde. Ce n'était pas comme ça que je voulais terminer notre journée romantique.

« Tu vas repartir risquer ta vie, je me trompe ? » Son ton est plat, morne.

Par la suite, je comprendrai que j'aurais dû faire plus attention à sa réaction, j'aurais dû écouter les frissons d'avertissement qui ont parcouru ma colonne vertébrale. Mais le désir de vengeance de mon loup me rend ivre, la victoire est presque à ma portée.

Layne ne le comprend peut-être pas, mais je le fais pour elle.

« Je serai prudent », dis-je en mettant les mains dans mes poches.

Elle fait un pas vers moi. « Sam, tu n'es pas obligé de faire ça.

— Je dois arrêter Smyth.

— Je sais, et c'est ce que je veux aussi. Mais si tu pénètres dans son QG, quelles sont les chances pour que tu en sortes vivant ? »

Je détourne la tête. « J'emmène Nash avec moi.

— Sérieusement ?

— Qu'est-ce que tu voudrais que je fasse, Layne ? Que j'abandonne ? C'est toute ma vie. » Je fais l'erreur de poser les yeux sur elle, juste à temps pour voir la douleur déformer son visage.

« Je croyais que j'étais ta vie maintenant.

— Layne... »

Elle s'approche de moi et pose ses mains de chaque côté de mon visage. « Sam, je t'aime. Je veux que tu réussisses. Mais... n'y laisse pas la vie. Prenons le temps de réfléchir. D'élaborer un plan solide. »

Je ferme les yeux. Ses doigts sont si doux sur mes joues. Je respire son parfum, le mémorise.

« Je suis en train de mourir. Mais toi, tu as le choix, murmure-t-elle. Tu as encore tant de choses à vivre. S'il te plaît. »

Je m'écarte d'elle.

« Sam », m'implore-t-elle. Je me détourne de sa voix brisée.

« Je dois le faire. Je suis né dans une cage. J'ai juré de me venger quand j'étais ado. Je dois aller jusqu'au bout.

— Laisse-nous t'aider. Tu es entouré de personnes qui tiennent à toi. Ne... »

Je la coupe. « Arrête. Je ne risquerai la vie de personne d'autre.

— Juste la tienne. Et celle de Nash.

— Ouais. Mais c'est notre choix. » *Et on n'est pas indispensables.*

Elle lève le menton. « Si tu pars, je ne serai pas là quand tu reviendras. »

Alors, ça va se passer comme ça ?

« Layne, j'ai besoin que tu restes ici. J'ai besoin de savoir que tu es en sécurité. » Je me ferai pardonner à mon retour. Comme je l'ai fait après le combat contre Nash.

« *Non*. Tu ne m'écoutes pas, Sam. Je te demande de faire un choix. Moi ou ton plan pourri de vengeance.

— Layne, je dois...

— Laisse tomber. » Elle lève la main. « Tu peux me déposer à l'aéroport sur le chemin. Je vais aller chez mon père.

— Attends...

— Il n'y a rien d'autre à dire. Préviens-moi quand je pourrai rentrer sans risque. Si jamais tu t'en sors vivant. »

J'arrive à faire bouger mes lèvres, je ne sais comment. « Je le ferai. Je vais faire en sorte que tu ne coures plus aucun danger.

— Non, ne fais pas comme si c'était pour moi, Sam. Ce n'est pas pour moi. Tu es égoïste. Tu es prêt à sacrifier ta vie et tout ce qu'on avait. » Elle hausse les épaules. « Mais c'est ton choix. J'en fais un autre. »

Des vrombissements de machinerie emplissent mes oreilles, m'empêchent de réfléchir.

La souffrance est imprimée sur son beau visage. Lorsqu'elle pose une main sur mon torse, une partie du bruit s'atténue. « C'est mieux comme ça, Sam. » Elle se penche et m'embrasse la joue. « Je n'aurais pas voulu que tu me voies mourir. On pourra se souvenir de notre journée à la plage. »

La douleur explose dans ma poitrine, trouble ma vision.

Incroyablement, même si mon corps est engourdi, mon esprit logique fonctionne toujours. Je rappelle Kylie.

« J'ai besoin que tu me rendes un autre service. Tu peux me faire parvenir un faux passeport et un billet d'avion pour Londres pour le docteur Layne Zhao ? Tu dois pouvoir trouver sa photo et les infos dont tu as besoin dans son dossier. »

Kylie ne répond pas tout de suite. Je croise les doigts pour qu'elle ne pose pas de questions, parce que je suis littéralement en train de me transformer en pierre. « Je peux m'en occuper ce soir, tu le recevras demain. Où veux-tu que je l'envoie ? »

Je pousse un soupir de soulagement et lui donne l'adresse de Laurie.

Lorsque je raccroche, j'essaie de sourire à Layne, et échoue. « Kylie va envoyer un passeport et un billet d'avion ici pour demain. S'il te plaît, reste là en attendant et laisse Laurie te protéger jusqu'à ce que tu quittes le pays, d'accord ? »

Elle hoche sèchement la tête.

« J'ai du liquide dans le fourgon. Je vais t'en donner pour le voyage.

— Merci. » Sa voix est fatiguée. Son visage est devenu pâle. J'ai envie de tomber à genoux et de la supplier de me pardonner, mais je pense qu'elle a peut-être raison.

Même si je survis à ma mission de vengeance contre Smyth, aucun avenir n'est possible entre nous. Mon loup est trop brisé pour la regarder mourir. Je perdrais ce qui me reste de santé mentale, l'impuissance me ferait devenir fou. Et elle perdrait sa dignité si je devais assister à sa descente aux enfers.

Je peux me raccrocher au souvenir de sa joie aujourd'hui. Sur la plage. Dans la montgolfière.

CHAPITRE TREIZE

 *ayne*

IL M'A DONNÉ une journée de rêve, et il est parti.

Ce n'était qu'un tas de conneries.

Je devrais être en colère, mais non. Je suis juste fatiguée. Épuisée.

Voilà comment se termine la vie du Dr Layne Zhao. Pas en fanfare ; sur un pleurnichement.

Bon, je deviens mélodramatique, ce qui n'est pas mon genre. Je fais les cent pas dans le petit studio de Laurie, ramassant distraitement des objets avant de les reposer.

J'ai pris la bonne décision. Aucun doute là-dessus.

Alors, pourquoi est-ce que mon cœur semble avoir besoin d'aide pour battre ? Pourquoi est-ce que je pleure assez de larmes pour faire flotter une petite barque ?

Je n'arrive pas à croire que je suis passée d'un tel contentement à *ça*. Ce n'est pas possible.

Je me rince le visage dans la salle de bains, espérant effacer ma souffrance et ma peur par la même occasion.

Sam risque de mourir ce soir. Sam risque de mourir ce soir.

Mon Dieu, ne laissez pas Sam mourir.

Et s'il survit... je ne le reverrai tout de même pas ?

Est-ce seulement logique ? Ne devrais-je pas plutôt être heureuse s'il est encore en vie, ne voudrais-je pas savourer quelques jours, mois, ou même années supplémentaires avec lui ?

Est-ce que je me suis juste montrée têtue ? Oui. Ma mère m'a toujours dit que mon entêtement me perdrait. Je pensais que je faisais le meilleur choix pour nous, mais... je crois que j'ai commis une terrible erreur.

Pour la première fois depuis longtemps, je n'ai aucune envie de me plonger dans mes recherches. Je préférerais enfouir ma tête sous les couvertures et pleurer.

Sam me manque déjà.

S'il lui arrive quoi que ce soit, je ne m'en remettrai jamais.

On toque à la porte. J'asperge encore un peu d'eau sur mon visage et le sèche. C'est probablement Laurie qui vient voir si je vais bien.

« J'arrive », dis-je en attachant mes cheveux en queue de cheval. La morsure de Sam est rouge vif contre ma peau pâle. Mon ventre est noué. J'espère que j'aurai l'occasion de savoir ce que veut dire cette marque et ce qu'être sa compagne signifie.

C'est ma dernière pensée avant que j'ouvre la porte et que les gardes de DataX me tirent dans la poitrine.

~.~

Sam

Nash et moi déchargeons les équipements de mon fourgon. Le trajet jusqu'à Temecula s'est déroulé en silence, principalement parce que mes lèvres ont oublié comment remuer. Mais je ne suis pas un bavard, de toute manière. Et de toute évidence, Nash non plus.

J'allume mon appareil de communication. « Test. Alpha, tu me reçois ? »

Nash touche son oreillette et hoche la tête.

Je coince un pistolet dans la ceinture de mon jean. Nash en prend deux.

Plus rien ne nous arrêtera désormais. Pourtant, si c'était à refaire, je serais de retour dans le studio de Laurie, en train de supplier Layne de me pardonner.

Elle avait raison. J'ai choisi la vengeance et le danger à l'amour.

Quel espèce d'idiot suis-je ?

Je ne peux qu'espérer sortir d'ici vivant et arriver à la convaincre de me laisser faire partie de sa vie.

Je ne sais pas comment j'y parviendrai, mais je n'abandonnerai pas avant d'avoir réussi.

CHAPITRE QUATORZE

*ayne*

DES LUMIÈRES SONT BRAQUÉES sur mon visage lorsque je reprends connaissance. Ma tête palpite et j'ai mal à la poitrine, mais je ne suis pas morte. Donc, ils ne m'ont pas tiré dessus à balles réelles mais avec un tranquillisant. Ils s'attendaient peut-être à trouver Sam.

« Ahh, tu es réveillée. » Une voix familière, un visage flou. *Smyth.*

Comme toujours, la répulsion m'envahit. Même quand je n'étais pas au courant des atrocités dont il est coupable, je détestais son sourire lubrique. Je suppose que mon intuition avait raison sur lui depuis le début.

Je n'en tire aucune satisfaction.

« Où suis-je ? » Je gémis et me frotte la mâchoire. J'ai l'impression d'avoir du coton dans la bouche.

« Tu ne reconnais pas ? demande-t-il en faisant le tour de

la pièce des yeux. Non, bien sûr. Tu n'es jamais venu sur la base du projet Alpha. »

Les murs blancs, les équipements métalliques, les ordinateurs qui bipent... je suis dans un laboratoire. Je me réveille brusquement.

« L'une des bases, rectifie Smyth. L'une d'entre elles a été détruite par un incendie il y a quelques mois. Ton acolyte s'en est assuré. »

Oh, c'est vrai. Ils pensent que je suis de mèche avec Sam. Tout ce que Sam a fait, le combat, l'enquête, c'était pour localiser ce labo. Au moins, il n'était pas avec moi quand les brutes m'ont enlevée.

Même si je ne lui pardonne pas d'être parti.

J'essaie de trouver de la salive dans ma bouche sèche pour humecter mes lèvres. Je suis attachée sur une sorte de lit d'hôpital.

« Je n'avais rien à voir avec ça. Mais ça n'a pas d'importance. Vous n'avez pas le droit de faire ça à ces gens, à ces métamorphes.

— Oh, Layne, dit-il avant d'éclater de rire. Tu as toujours été trop sensible. Trop de compassion peut entraver les avancées de la science, tu sais. » Il secoue la tête. « Peu importe. Nous renaîtrons de nos flammes. Et, assez ironiquement, tu ouvriras la voie. »

Il montre quelque chose du doigt, et je me tords le cou pour voir la grosse poche de liquide à côté de moi. Un fluide vert s'écoule dans un tube relié à l'aiguille dans mon bras.

~.~

Sam

« ALPHA, TU ES LÀ ? RÉPONDS, ALPHA. » Je suis accroupi dans une cage d'escalier après m'être infiltré dans le labo de Smyth. « Nash ? T'es là ? » Putain. Nash n'est plus en ligne.

« Des soucis ? grésille une voix familière dans mon oreillette.

— Kylie ? » J'appuie un doigt contre mon oreille pour essayer de mieux entendre.

« Qui d'autre aurait pu pirater cet intercom ?

— Comment... » Je n'en reviens pas.

— Oh, Sam, quand cesseras-tu de me sous-estimer ? »

Je me contente de secouer la tête.

« Je vois que tu es dans le labo de Smyth. »

Je ne lui demande pas comment elle le sait. « Ouais. Je le cherche. Tu veux m'aider ?

— Je suis avec toi, Sam. À chaque instant.

— D'accord. Essaie de localiser Nash. Je n'ai pas envie qu'il fasse n'importe quoi.

— Je m'en occupe. » Le bruit des doigts de Kylie sur son clavier ressemble à une cascade.

Je vérifie que mes armes sont chargées et attends. Nash pourrait se cacher de l'ennemi dans une zone avec un mauvais signal.

Bien sûr, il est tout aussi possible qu'il ait vu l'ennemi et qu'il ait perdu le contrôle sur son lion. Dans ce cas, j'espère juste que je ne serai pas une de ses victimes.

« Aucun signe de Nash, me rapporte Kylie.

— Merde.

— J'ai une autre mauvaise nouvelle. » Quelque chose dans sa voix me tend. « Je viens de hacker les caméras de DataX.

— Tu vois Nash ?

— Non. » Le ton de Kylie est bizarre. Je touche l'oreillette, mais ce n'est pas l'appareil. C'est de la terreur. « C'est Layne. Smyth la retient prisonnière. Sam, elle est dans le laboratoire avec vous. »

~.~

Layne

« QU'EST-CE QUE VOUS FAITES ? » J'essaie de tirer sur mes liens, mais ils sont solides. Smyth contourne le lit en souriant.

« Qu'est-ce qui se passe, Layne ? Tu as peur de participer à un projet scientifique ? Je croyais que tu voulais trouver un remède à ta maladie. » Il donne une petite pichenette à l'intra-veineuse plantée dans mon bras. « Ça devrait te guérir.

— Qu'est-ce que c'est ? Qu'est-ce que vous me donnez ?

— Ne t'inquiète pas, Layne. » Ses yeux brillent soudain d'un éclat surnaturel. « Je vais t'aider. Tu vas devenir quelque chose de plus. »

~.~

Sam

. . .

LES PAROLES de Kylie résonnent en moi.

« Où ?

— Elle est attachée sur un lit. Elle est vivante. »

Putain. J'oublie tous mes projets de vengeance. Je dois la tirer de là.

« Tu as un plan de cet endroit ?

— Non, mais je peux en créer un à partir des caméras de sécurité. J'ai aussi des mesures de profondeur par satellite. »

Je ne pose pas de questions. Jackson et Kylie adorent s'offrir toutes sortes de gadgets délirants. Ça ne m'étonnerait pas qu'ils possèdent une sorte de satellite secret.

« J'ai besoin que tu me guides. Dis-moi comment arriver jusqu'à Layne. »

~.~

Layne

« BORDEL, SMYTH. » Je gigote comme une folle jusqu'à ce que je m'essouffle. J'ai l'impression d'avoir un bleu sur la poitrine.

« Calme-toi, dit-il. Ça va arriver, que tu le veuilles ou non. Tu me remercieras un jour. »

Ses yeux luisent d'un éclat jaune. Comme ceux de Sam. Mais la seule raison pour qu'ils brillent ainsi, c'est...

« Vous êtes un métamorphe, dis-je d'une voix tremblante.

— Quelle fille intelligente. C'est dommage de gâcher un tel potentiel. Encore une raison supplémentaire pour espérer que ma petite expérience soit un succès.

— Mais... » Mon esprit tourne à plein régime. « Pourquoi ? Pourquoi faire ça à vos semblables ?

— Ce ne sont pas mes semblables, lâche sèchement Smyth en se penchant vers moi. Des dégénérés, des éléments faibles. » Des gouttes de salive s'échappent de sa bouche.

« C'est faux. » Je remue la main, en me demandant si je pourrais la faire passer dans la menotte. Je dois continuer à faire parler ce taré. « Ils ne sont pas faibles.

— Pas tous, Layne. Certains en valent la peine. Nash Armstrong, le lion, par exemple. »

J'essaie de garder une expression neutre, mais Smyth acquiesce. « Je vois que tu as entendu parler de Nash. Un beau spécimen, n'est-ce pas ? »

Jusqu'à ce que tu le tortures, ai-je envie de grommeler, mais mon ancien patron est toujours en train de délirer tout seul.

« De sa lignée, une race de Maîtres verra le jour. »

Putain, pourquoi est-ce que j'ai accepté de travailler pour ce type un jour ? Je l'ai toujours trouvé flippant. Je suppose que j'ai fait passer mes recherches avant tout. Mais c'est terminé. Sam avait raison, et au cours des quelques jours que nous avons passés ensemble, il m'a donné la force de m'affirmer. S'il la reluquait ouvertement, la nouvelle Layne filerait une baffe à Smyth.

Il est encore en train de pérorer sur sa « race de Maîtres ». Pendant ce temps, l'étrange liquide vert pénètre dans mes veines. Je tire sur la menotte jusqu'à ce que la douleur me fasse monter les larmes aux yeux, mais sans effet. Que je le veuille ou non, ce qui se trouve dans l'intraveineuse entre dans mon bras. « Vous êtes malade.

— Je suis un génie. Un visionnaire. Comme toi, Layne. Sais-tu que toute la race des métamorphes est menacée d'extinction ? De plus en plus d'enfants naissent défectueux. Incapables de muter. Je vais remédier à tout ça. »

Je secoue la tête. Quelqu'un a clairement perdu la boule et se berce d'illusions.

« C'est possible, vois-tu. Tu peux m'aider.

— Jamais. »

Smyth sourit. « Tu l'as déjà fait. J'avais besoin que tu décodes l'ADN des métamorphes. Et maintenant, tu vas m'aider pour la phrase suivante du projet.

— Non...

— Quand le sérum fera effet, tu n'auras pas le choix. »

~.~

Sam

« TOURNE À GAUCHE ICI. Puis à droite. » Je suis les instructions de Kylie. À l'origine, je prévoyais de prendre le temps d'explorer le labo, de hacker leurs données. Puis de trouver Smyth. Mais plus rien ne compte. Je dois aider Layne.

L'électricité saute. Ça faisait partie du plan. Je ne peux qu'espérer que Nash n'ait rien.

J'allume mon intercom. « Nash, je ne sais pas ce que tu es en train de faire, mais *arrête tout*. Ils ont Layne. Je répète, ils ont ma compagne. Je dois la sortir de là. »

Des générateurs prennent le relais presque immédiatement. Le couloir reste dans le noir, mais devant moi, de la lumière s'échappe sous une porte. Le labo.

Je fonce alors que des alarmes se mettent à hurler. Après

ce qui s'est passé dans l'autre laboratoire, ils ont probablement amélioré les systèmes d'urgence pour verrouiller tout le bâtiment en cas de coupure de courant. Ils ne plaisantent pas.

La porte du laboratoire possède une fenêtre. Je vois Layne, attachée à un lit, une intraveineuse dans le bras.

« Je l'ai trouvée, dis-je à Kylie.

— Bien reçu. Je vous trouve des itinéraires pour sortir. »

La porte du labo est verrouillée. De l'acier renforcé, assez solide pour empêcher un métamorphe de sortir. Ou d'entrer.

Heureusement, j'ai exactement ce qu'il faut pour faire sauter la porte.

Je suis à l'intérieur avant que la poussière n'ait touché le sol à la suite de l'explosion.

« Sam ? » Layne écarquille les yeux.

« Tout va bien. Je suis là. » Je commence à courir vers elle, mais elle crie : « Non ! C'est un piège !

— Tiens, tiens, qui voilà. » Un homme apparaît en tirant le rideau de séparation de la pièce et braque un pistolet sur la tête de Layne.

Smyth.

« Reste où tu es. » Je me fige alors que Layne grimace de douleur. « Putain, qu'est-ce que tu es en train de lui faire ?

— C'est juste une petite garantie. Le point culminant du travail de toute une vie. Je savais que quelqu'un essaierait de m'arrêter, Sam. Mais je n'aurais jamais pensé que ce serait toi. » Son regard se perd dans le vague. « Je ne te pensais pas assez fort.

— Libère-la. » Je pousse un grondement menaçant. Mon loup ne comprend pas pourquoi je n'ai pas encore traversé la pièce pour égorger Smyth, ce que j'ai rêvé de faire pendant les huit dernières années. Mais je ne peux pas. Je ne peux pas mettre Layne en danger.

« J'ai presque terminé. Si tu bouges, je lui fais sauter la

cervelle. Ce sont des balles en argent conçues pour tuer instantanément un métamorphe. Imagine ce qu'elles lui feraient.

— Si tu fais ça, tu es mort. »

Layne secoue la tête. « Sam, va-t'en. Je vais mourir de toute manière. Pars et reste en vie.

— Je n'irai nulle part sans toi.

— N'est-ce pas mignon ? se moque Smyth. Sam a une petite copine. Ça explique la morsure dans son cou. Tu l'as marquée. Comme c'est charmant. Vraiment un truc de mâle, hein ? On veut marquer notre territoire. »

Je n'écoute plus Smyth. Il aime parler, je m'en rappelle. Des gouttes de sueur perlent sur le front de Layne. Ce que Smyth est en train de lui administrer va la tuer.

Sans la quitter des yeux, je demande : « Pourquoi est-ce que tu as fait ça ?

— Elle est condamnée, de toute manière. Tu es au courant de sa maladie ? Héréditaire, comme le gène métamorphe. C'est ce qui m'a incité à l'engager. Je n'avais jamais vu une personne aussi investie dans ses recherches.

— Non, je veux dire, pourquoi avoir fait tout ça ? » Je tourne la tête pour englober tout le labo du regard. « Capturer des métamorphes, les torturer. Les forcer à s'accoupler.

— J'avais besoin de résoudre le problème des métamorphes défectueux. À force de croisements avec des humains, toute la race des métamorphes est menacée d'extinction. Je devais décoder l'ADN métamorphe afin de résoudre le problème et de créer une race maîtresse. Pour ça, il faut énormément d'échantillons. De données. D'analyse. Heureusement, Layne s'en est occupée pour nous.

— *Nous* ? C'est qui, nous ? »

Ses lèvres se retroussent en un rictus mauvais, mais il

secoue la tête. Contrairement au méchant à la fin d'un épisode de série télé, il ne nommera pas ses complices.

« Quant à Layne, je me suis dit qu'on devrait la tuer de toute façon. Mais je déteste gâcher un esprit talentueux. Au fait, Sam, tu te souviens de cet endroit ? Tu es né ici. Tu dois avoir l'impression de rentrer chez toi.

— Ce n'est pas chez moi.

— Non ? Tu as passé plus de temps ici que dans n'importe quelle famille d'accueil.

— Tu en sais quelque chose. C'est toi qui me gardais prisonnier. » Je tourne la tête vers Layne en réfléchissant à un moyen de la libérer. Elle rencontre mon regard et se mord la lèvre. Comment peut-elle me demander de l'abandonner ? Elle ne se rend pas compte à quel point je l'aime ?

« Je viens de réaliser quelque chose », reprend Smyth. J'ai envie de lui arracher la gorge juste pour qu'il la ferme. « Cet endroit est aussi à toi, en un sens.

— Putain, qu'est-ce que tu racontes ?

— Oh. Tu n'es pas au courant. Tu ne t'es jamais demandé qui étaient tes parents ? J'ai sélectionné le meilleur ADN pour te créer. Tu étais censé être le premier de la race des Maîtres. Plutôt une déception, finalement. Mais tu aimerais sans doute savoir qui est ton géniteur ? »

Je retiens mon souffle.

« Tu aurais pu le deviner, continue Smyth en penchant la tête sur le côté. Je pense qu'à un certain niveau, ton loup le savait. C'est pour ça qu'il a fait tant d'efforts au cours des expériences. Tu n'aurais pas dû survivre à tant de tortures, pourtant tu l'as fait. Tu avais une volonté de fer. Quel dommage que ton corps soit si faible. Tu ne seras jamais un alpha, ni même un bêta. Les chiens ne font pas des chats.

— Non. *Non.* C'est impossible. »

Le loup de Smyth apparaît dans ses yeux jaunes. « C'est

la vérité. J'ai effacé les preuves, mais même si tu m'as énormément déçu, je ne peux pas le nier. »

Je déglutis en essayant d'ignorer la douleur dans ma poitrine. Smyth a raison. À un certain niveau, je l'ai toujours su. C'est pour ça qu'il était la seule cible de mon désir de vengeance.

« Vous ? crie Layne. Vous êtes le père de Sam ? Et vous l'avez torturé ? Votre propre fils ?

— Je l'ai rendu fort. Il a survécu aux tests, comme tu peux le voir. Il a muté et il a pris la fuite. Et maintenant, nous sommes tous là. Quelle belle petite réunion de famille. Ma progéniture et sa compagne. »

Je me sens malade. Mon sang est sale. Je ne serai jamais pur.

« Associe-toi à moi, Sam. Ensemble, nous pouvons réinventer notre espèce et en faire ce qu'elle était censée être. »

Je n'arrive plus à parler.

« Une race maîtresse, poursuit Smyth. J'aurai bientôt le sérum. Nous pouvons être des alphas, Sam. Le monde sera à nos pieds.

— J'ai compris, dit Layne. Je sais pourquoi vous avez fait ça. Vous êtes un métamorphe, mais vous ne pouvez pas muter. »

Le visage de Smyth devient écarlate.

« Attention, Layne, dis-je. C'est lui qui a le pouvoir ici. »

Elle tourne la tête vers moi.

« Je t'aime. Quoi qu'il se passe, souviens-t'en.

— Sam, non ! » Elle est prise d'un spasme, d'abord sa tête, puis tout son corps.

« Ne bouge pas », dit Smyth en secouant son arme. Je me fige, même si ça me tue.

« Qu'est-ce qui lui arrive ? »

Layne convulse sur le lit. De la mousse apparaît aux commissures de ses lèvres.

« Tout va bien. C'est un effet secondaire normal. Son corps est en train de muter. »

Son corps se raidit au maximum contre les liens qui la retiennent et elle lutte pour reprendre son souffle.

« Putain, qu'est-ce que tu lui as donné ? »

Le bâtiment tremble.

Une bombe. Merde. Nash n'a pas abandonné le projet initial de tout faire sauter.

Je n'ai pas donné d'explosifs à Nash. Je ne suis pas bête à ce point. Il a dû improviser. Ce lion est fou. Je sais... l'hôpital, la charité.

« Reste où tu es », crache Smyth avant de reculer.

Je dois faire quelque chose. J'accélère et dans un mouvement flou, j'arrive presque près de Layne lorsqu'une terrible douleur explose dans mon torse.

Smyth m'a tiré dessus.

~.~

Layne

Je vois Sam tomber. Les bords de ma vision s'obscurcissent, mais je me bats pour ne pas perdre connaissance. Quelqu'un hurle. Moi. Je ferme la bouche.

Le bâtiment tremble à nouveau. Des éprouvettes tombent par terre et se brisent.

Smyth se relève près de moi en grognant.

« Libère-la. » Sam. Il est par terre, adossé au bureau renversé, son visage blanc comme un linge. Du sang s'écoule d'une blessure à sa poitrine, mais il n'est pas mort.

Smyth essaie de recharger son arme et se tourne vers Sam.

De la chaleur m'envahit. Ma tête part en arrière, se cogne si brutalement contre le lit que je manque de m'assommer. Ma colonne se cambre, mon corps se contorsionne, à l'agonie, alors que le cri inquiet de Sam résonne dans mes oreilles.

« Layne ? *Layne* ! »

~.~

Sam

QUELQUE CHOSE CLOCHE. Pas avec moi ; se vider de son sang est une réaction parfaitement normale après avoir reçu une balle en argent dans le corps.

Putain, j'ai mal. Heureusement que Smyth ne sait pas viser, sinon, j'aurais une balle dans le cœur et je serais déjà mort.

Layne devient parfaitement immobile. Quand je l'appelle, elle ouvre les yeux. Ils brillent d'une vive lueur verte.

« Ça a marché », murmure Smyth. Il se retourne, tenant mollement le pistolet. Je pourrai peut-être le désarmer si je tends le bras.

Un bruit horrible sort de la bouche de Layne. Sauvage, inhumain. Elle tremble de tous ses membres. Les liens qui la retiennent se coupent proprement lorsqu'un animal apparaît soudain à sa place.

Un gigantesque tigre du Bengale saute du lit et se jette sur Smyth.

On dirait que le sérum a fonctionné.

Le fauve rugit, noyant le hurlement de Smyth. Les griffes du gros félin sont profondément enfoncées dans la poitrine du scientifique. Si je n'étais pas déjà en train de mourir, je ferais la grimace. Je connais la sensation.

Quand le rugissement du tigre meurt, le seul bruit dans le laboratoire est le gargouillement étouffé émis par Smyth et les *ploc, ploc, ploc* de son sang qui goutte au sol.

« Layne ? »

La tigresse tourne son regard acéré vers moi. Merde. J'espère qu'elle ne m'en veut pas trop.

« Ici, minou minou », dis-je en un murmure. Elle montre les crocs.

Avec un mouvement de tête en direction de Smyth, je demande : « Il est mort ? » Ma vue commence à s'assombrir.

Elle retire ses griffes du corps de Smyth avec un bruit ignoble. Le corps du métamorphe est flasque, ses traits vides.

« Tu as assuré, dis-je doucement. Mais on ferait mieux d'être sûrs. »

Layne gronde son approbation. D'un coup de patte, elle fait glisser le revolver de Smyth vers moi.

Merde. J'aime cette femme.

« J'ai besoin de ton aide. »

La tigresse s'approche de moi avec toute la beauté et la grâce d'un prédateur. Elle pourrait me tuer d'un revers de la patte avant que j'aie eu le temps de cligner des yeux.

Mon loup est émerveillé. L'idiot.

Elle me renifle avant de se pencher suffisamment pour que je passe un bras autour de son cou. Je ramasse le pistolet et nous approchons ensemble de Smyth. Appuyé sur l'épaule de Layne, je vise.

C'est mon père. Je devrais ressentir autre chose qu'une haine brûlante, mais ce n'est pas le cas.

Je rends la justice d'une balle dans le cœur, puis m'effondre contre la tigresse.

L'édifice tremble une fois de plus. Une autre bombe. Nash a apporté plus d'explosifs que je ne le pensais.

« On doit sortir d'ici. »

La tigresse effleure mon visage de son museau, puis le frotte contre ma poitrine.

« Bandage... » Je tire sur mon T-shirt, et elle comprend. D'un coup de griffe affilée comme un rasoir, elle ouvre le vêtement en deux. Je commence à l'enrouler autour de mon torse pour appuyer contre la blessure. Ce n'est pas grand-chose, mais c'est tout ce que je peux faire en attendant d'extraire la balle en argent.

Je m'accroche à son corps massif et la laisse me traîner hors du laboratoire.

~.~

PLUS ON SE rapproche de la sortie, plus les coups de feu sont bruyants. Des tremblements secouent régulièrement le bâtiment.

« Sam ? Tu es là ? » Kylie a l'air paniquée.

« Je suis là.

— Dieu merci.

— J'ai Layne avec moi. » Ou plutôt l'inverse. « On va bien. » Mes bras sont faibles, mais j'enfonce mes mains plus profondément dans la fourrure de la tigresse, à présent mouillée et collante de mon sang. « On s'en va. Nash fait exploser des bombes.

— Des grenades, en fait. J'ai un visuel sur l'extérieur. J'ai envoyé un drone. Et Jackson est en route avec une équipe d'extraction.

— Non, ne le laisse pas...

— Ne t'inquiète pas, tu seras déjà loin. À mon avis, ils vont surtout s'occuper de nettoyer les dégâts et d'éviter que les médias ne relaient la nouvelle. On va se débarrasser de tous ces mercenaires métamorphes. » La note sanguinaire dans sa voix me rappelle pourquoi je ne veux jamais être l'ennemi de Kylie. Bien sûr, maintenant ma petite amie – si elle l'est toujours – est une tigresse métamorphe. Presque cent kilos de muscles dangereux agrémentés de crocs et de griffes.

Il risque de falloir beaucoup de sorties en montgolfière pour qu'elle accepte de me pardonner.

« D'abord, on doit vous faire sortir d'ici. » Kylie me transmet un flot d'instructions que je relaie à Layne. On tourne au bout d'un couloir, mais le plafond s'écroule devant nous, des fils électriques font des étincelles.

« On peut pas passer par là ! » je crie à Kylie pendant que Layne fait marche arrière en me tirant. Lorsqu'on passe devant un garde mort, je prends son revolver et jette celui de Smyth avec les balles en argent au loin. « Le bâtiment est instable.

— D'accord. Nash fait pleuvoir des balles sur le toit. Si vous le rejoignez, il pourra vous couvrir.

— Le toit ? » C'est à des années-lumière de notre plan d'origine.

« Ouais. » On dirait que Kylie sourit. « Ils ont envoyé un hélicoptère pour l'abattre, mais il a carrément sauté sur l'appareil depuis le toit et l'a envoyé se crasher.

— Merde.

— C'était trop classe ! s'exclame-t-elle. Bon, restons concentrés. Un escalier sera bientôt sur votre gauche. Descendez, si possible. Il devrait être structurellement stable. C'est du béton renforcé conçu pour détenir des métamorphes, tu vois.

— Je risque de perdre le signal.

— Ce n'est pas grave, vous n'avez qu'à descendre et prendre la sortie si vous pouvez passer par là. C'est-à-dire, s'il n'y a pas trop de gardes sur votre chemin. Sinon, essayez de rejoindre Nash pour qu'il vous couvre.

— J'ai aussi une arme.

— Super. Ça devrait vous aider. Le bâtiment est peut-être sur le point de s'effondrer. Je regrette que Jackson ne m'ait pas acheté ce missile pour mon anniversaire, sinon, j'aurais tout fait sauter et vous auriez pu fuir pendant que l'explosion faisait diversion.

— Tu veux plutôt dire qu'on brûlerait vifs et qu'on serait projetés par le souffle de l'explosion, dis-je sèchement.

— Bah, de toute façon, Jackson ne m'a pas acheté le missile. Il m'a emmenée à Hawaï et m'a offert un bracelet en diamants.

— L'escalier mène à la sortie, dis-je à Layne. Kylie, on y est.

— Essaie d'avertir Nash. J'ai essayé, mais il ne me connaît pas.

— Bien reçu.

— On se voit de l'autre côté. »

Je change la fréquence de l'intercom et essaie de contacter Nash. « Alpha, tu me reçois ? On va sortir de là avec Layne. On a besoin que tu nous couvres du côté ouest. On te fera sortir ensuite. »

J'attends, mais ne reçois aucune réponse. Merde.

« On est tous seuls », dis-je à la tigresse. Elle est absolument magnifique. Calme, son visage strié de rayures a un port royal. « Si jamais je m'en sors pas vivant, je veux te remercier de m'avoir sauvé la vie. Je t'aime. » Putain, ma vision est vraiment en train de s'assombrir.

Elle presse sa grosse tête contre moi, et je l'étreins. L'argent me vide de mes forces, mais je parviens à m'accrocher assez longtemps pour arriver devant la porte au bas de l'escalier. Je pousse pour l'ouvrir, mais quand je passe la tête à l'extérieur, une volée de balles me fait reculer prestement dans le noir.

« On est coincés. » J'essaie à nouveau de contacter Nash, sans réponse.

Mon oreillette grésille.

« Sam, tu m'entends ?

— Ouais.

— J'ai hacké ton... » Des parasites recouvrent sa voix. « Ils sont en route.

— Quoi ?

— Tiens bon, Sam. Les renforts arrivent. »

~.~

Layne

SAM N'A PLUS DE FORCES. Je gronde, le pousse délicatement de ma tête. Le monde semble à la fois plus étroit et plus vaste, il est empli d'odeurs et d'instincts qui ne me sont pas familiers. Mes griffes grattent le béton. J'ai envie de tout détruire.

Les murs tremblent. Putain, je dois nous faire sortir d'ici. On peut peut-être survivre à des balles, mais pas à l'effondrement d'un bâtiment sur nous.

Du moins, je ne crois pas.

Je referme mes mâchoires autour de la ceinture de Sam et le traîne jusqu'à la porte.

« Layne ? » marmonne-t-il alors que le complexe frémit une fois de plus. Il a l'air de se réveiller, lève l'arme dans sa main. « Bon. On va sortir. Kylie, donne-moi le feu vert. Il passe sa ceinture autour de mon cou et glisse son bras à l'intérieur. « Prête ? »

Je hoche la tête. « Trois, deux, un. »

Je pousse la porte et me mets à courir sous la lumière du jour.

Des gravats dégringolent autour de nous, ainsi qu'une pluie de balles. Sam riposte en tirant sur nos ennemis pendant que je le traîne péniblement pour atteindre les bois. Quand des balles éclaboussent la terre devant nous, je pile net.

« Layne, vas-y, me presse Sam. Nash nous couvre. »

Nous sommes encore à une cinquantaine de mètres de la forêt lorsqu'un moteur vrombit. Le fourgon de Sam apparaît entre les arbres et nous.

La porte latérale s'ouvre et Declan passe la tête à l'extérieur du véhicule.

« Allez, mon loup ! Arrête de jouer avec Tony le tigre et bouge-toi !

— C'est Layne, crie Sam.

— Sérieux ? Meeerde. » L'Irlandais pose une mitrailleuse sur son épaule et saute hors du fourgon. Il envoie une rafale de balles sur nos ennemis tout en avançant vers nous. « C'est un putain de gros matou. »

Lorsqu'il arrive à notre hauteur, il soulève l'autre bras de Sam et le porte sur le reste du chemin.

Nous sommes presque arrivés au fourgon quand une forme blanche passe au-dessus de nous. Je me retourne en grondant et donne des coups de patte à des ailes blanches.

« Layne, arrête, dit Sam d'une voix faible. C'est Laurie. C'est un hibou. »

Un hibou. Bien sûr. Je me demande pourquoi je ne lui ai jamais demandé quel genre de métamorphe il était. J'imagine que je suis partie du principe que Declan et lui étaient des loups, comme Sam.

Je laisse le hibou s'envoler, saute dans le véhicule et recouvre le corps de Sam du mien.

« Tout le monde est là ? » demande Parker depuis la place conducteur.

Declan referme la porte coulissante et saute sur le siège passager. Il installe son arme à la fenêtre. « Vas-y. »

Parker appuie à fond sur l'accélérateur, et le fourgon recule brusquement. Au même moment, le bâtiment s'effondre. Un homme vêtu d'un jogging noir saute du toit juste à temps pour que le hibou géant lui attrape les bras et s'envole en le portant vers les arbres, à l'abri.

~.~

Sam

DES ONDES de douleur pulsent dans tout mon corps, mais la démangeaison insupportable que je ressens m'indique que la régénération a commencé. Lorsque quelqu'un déplace l'oreiller sous ma tête, je ne peux retenir un grognement.

« Sam ? Sam ? Tu es réveillé ?

— Essaie ça. » Un verre touche mes lèvres. Du liquide coule dans ma bouche et me brûle ma gorge. Je me réveille en crachant.

« Putain, qu'est-ce qui te prend ? » crie quelqu'un. Layne. « Tu ne peux pas lui donner du whisky !

— C'est un loup !

— Il est en convalescence ! Ça suffit. Tout le monde dehors.

— Le chaton est éner...

— *Maintenant.* » La voix de Layne est déformée par un léger grondement. Une forte odeur de fourrure me démange le nez.

« Layne ? » J'ouvre les yeux. Elle claque la porte et fait volte-face, ses cheveux noirs volant autour de ses joues pâles.

« Sam ? Est-ce que tout va bien ? » Elle vient se placer à côté de moi et approche une bouteille d'eau de ma bouche. « Tiens. Ça devrait faire passer ce que cet abruti d'Irlandais t'a donné. »

Je bois lentement en soutenant son regard. Un pli soucieux lui barre le front, ses joues sont rouges, mais elle ne semble pas blessée. Bien sûr, elle régénérera, maintenant. C'est une métamorphe.

« Essaie juste de te détendre, me dit-elle avec un sourire triste. Tu t'es évanoui pendant qu'on s'enfuyait. Le soleil vient de se coucher. Parker pense que l'argent de la balle t'a peut-être empoisonné parce qu'elle est restée trop longtemps dans ton corps. C'est ma faute. Il a fallu un moment avant que les garçons n'arrivent à convaincre ma tigresse de me laisser reprendre forme humaine.

— Où est-ce qu'on est ?

— Chez Nash. Il est rentré aussi, mais il est parti se promener depuis quelques heures. Il se pourrait que je lui aie passé un savon pour avoir perdu les pédales et t'avoir abandonné.

— Les félins sont territoriaux, dis-je avec un faible sourire.

— Ouais, ben, il a intérêt à faire gaffe, lâche-t-elle en me bordant avec des gestes secs. Je suis aussi grosse et aussi hargneuse que lui. »

Je lui prends la main. « Tu es resplendissante. »

Elle pique un fard. « Tu devrais dormir.

— C'est un ordre ?

— Oui. » Elle commence à s'éloigner.

« Layne. »

Elle se retourne, et je sens qu'elle a remarqué mon ton sérieux. Son regard devient méfiant.

« Putain, je suis vraiment désolé. Sincèrement. J'ai été un foutu idiot. Tu avais raison, j'ai choisi les ténèbres au lieu de te choisir toi. J'ai choisi la haine au lieu de l'amour. Et je sais que Smyth est déjà mort, mais j'ai besoin que tu saches que je me suis sorti la tête du cul.

» *Tu* es la seule qui compte qui moi. Avec toi, je me sens sain d'esprit. Digne. Et je ferais n'importe quoi pour te le prouver. »

Elle revient à mes côtés et pose ses fesses rebondies près de moi sur le lit. « Tu m'as déjà choisie. Je l'ai vu dans le labo. Éliminer Smyth n'était pas ta priorité. »

Je passe un bras autour de sa taille pour l'attirer plus près. Je ne veux plus jamais la lâcher.

~.~

Layne

Je me réveille blottie contre le corps musclé de Sam. Il m'a gardée dans ses bras toute la nuit, un bras serré autour de ma taille même pendant qu'il dormait.

Les modifications survenues à mon corps depuis que Smyth m'a transformée me poussent à me réveiller tôt. Je me sens pleine d'énergie et de chaleur. Je n'ai pas pris mon traitement depuis vingt-quatre heures, mais je n'ai pas l'impression d'en avoir besoin. Les tremblements ont disparu.

En revanche, un nouveau besoin bourdonne dans mon corps. Et il a tout à voir avec le mâle allongé à côté de moi. Son odeur emplit mes narines, comme un élixir velouté et viril. Bien que sa respiration paisible indique qu'il dort profondément, son sexe se dresse sous son boxer, m'attire comme un phare.

Je me demande comment il réagirait en se faisant réveiller par un tigre. Ou une tigresse, si c'est bien ce que je suis maintenant ?

Je le chevauche et m'assieds sur lui, surprise de constater à quel point mon corps est devenu souple et agile.

Il se réveille en trois quarts de seconde. Ses mains se posent vivement sur mes hanches, son membre se tend en avant, juste là où je veux le sentir.

« Bonjour. » Je fais onduler mes hanches pour apaiser le désir torride qui grandit entre mes cuisses.

Sam n'a apparemment pas besoin de temps pour s'adapter à mon plan, et des mots brûlants s'échappent de sa bouche : « C'est bien, mon cœur. Frotte ta chatte contre ma queue. Un petit avant-goût avant que je te mette sur le dos et que je te pilonne jusqu'à demain. »

Je retiens mon souffle et me déhanche avec plus de vigueur. Mes mains se posent sur mes seins.

« Enlève ton haut, dit Sam d'une voix enrouée. Enlève-le *maintenant*. » L'éclat jaune dans ses yeux excite ma tigresse. Je retire mon haut et le laisse tomber par terre. Je ne porte qu'une simple culotte en coton qu'il m'a achetée en même temps que la brosse à dents, mais il la regarde comme si c'était la lingerie la plus sexy jamais créée.

J'adore discerner le désir sauvage sur son visage. Si je me sens puissante, ce n'est pas seulement grâce à ma tigresse. C'est grâce à Sam. Le besoin qu'il a de moi. La façon dont il perd le contrôle quand il me touche.

Son pouce monte et effleure doucement mon clitoris par-dessus le tissu. Un frisson me traverse. « Dix secondes. » Il lève les yeux vers moi. J'y lis un défi, mais sans savoir lequel. « Dix... neuf... »

Je comprends soudain ce qu'il veut dire et tombe en avant, pose les mains sur ses biceps durs et avance mes hanches pour créer une friction entre nos corps.

Les yeux de Sam se révulsent et il pousse un grognement. « Sept... six... cinq... »

J'ai du mal à respirer. Je pourrais véritablement jouir comme ça, sans rien de plus que quelques caresses.

Sam fait bouger mes hanches d'avant en arrière en me maintenant contre lui, accompagne mes mouvements. « Quatre... trois... deux... »

Il nous retourne et plaque mes poignets au-dessus de ma tête. Ses yeux brillent d'une lueur ambrée. Je me demande de quelle couleur sont les miens ; aucun doute, ma vision a changé.

« Un. » De sa main libre, il déchire ma culotte.

Je libère son sexe de son boxer.

Un grondement fait vibrer sa gorge, mais il secoue la tête

comme s'il essayait de se concentrer. « Une capote, souffle-t-il d'un ton rauque. Ne bouge pas. »

Il s'éloigne pour prendre un préservatif tout en enlevant son boxer. Son érection est longue et raide, elle bouge lentement vers moi. Non, *pour* moi.

Je pose mes doigts entre mes cuisses en le regardant dérouler la capote sur son membre.

Il lâche un long grondement désapprobateur, me prend la main et la lève vers ses lèvres. « À moi. » Il lèche mes fluides puis prend mes doigts dans sa bouche. « C'est à moi de donner du plaisir à cette chatte, mon cœur. Si tu prends mon travail, il y aura des conséquences. »

Je lui fais un large sourire. « Ah ouais ? »

Il s'approche et frotte son gland contre mon entrée mouillée. « Ouais.

— Qu-quel genre de conséquences ? » J'ai l'air essoufflée.

Il me pénètre brusquement et plonge profondément en moi. Puis il se retire avant de s'enfoncer à nouveau.

« Tu sais, dit-il en haussant les sourcils avec un air faussement sévère qui m'excite de plus belle. Une punition. »

Mon bas-ventre se contracte autour de lui. Je me cambre, ma tête part en arrière.

Un grondement vibre dans son torse. « Tu aimes les punitions, pas vrai mon cœur ?

— Oui. » J'ai tout à coup envie qu'il me prenne plus fort. Plus brutalement. « Plus fort, Sam. »

Il se retire, me retourne et soulève ma taille jusqu'à ce que je sois à quatre pattes. « Tu as besoin que je te baise plus fort, ma douce tigresse ? » Son poing se referme autour de mes cheveux et il me tire la tête en arrière tout en me pénétrant.

J'entends un rugissement et reste hébétée en comprenant

qu'il est sorti de ma bouche. Mes ongles s'allongent, se changent en griffes. Je déchire le matelas en cambrant mes fesses pour les faire venir à la rencontre de ses coups de reins.

Il me tient fermement par les cheveux tandis que ses hanches frappent contre mon cul et qu'il me donne chaque incroyable centimètre de son sexe. Je le sens toucher mes parois et les spasmes débutent, une spirale de secousses qui font frémir mes cuisses et mon bas-ventre.

« *Sam* ! » Je suis presque alarmée par l'intensité de ce que je ressens.

« Jouis, gronde-t-il.

— Oui. *S'il te plaît.*

— Tu me supplies ? On est tous les deux à genoux, bébé. En train de prier pour notre salut. Il arrive... maintenant. » Ses derniers mots sont rendus presque inintelligibles par ses grondements gutturaux.

Il plonge en moi et me pousse jusqu'à ce que je sois allongée sur le ventre. Il s'enfonce si profondément que j'ai peur de me casser en deux. Son rugissement emplit la pièce, mêlé à mes cris passionnés.

Ma chatte se contracte furieusement, pulse et se serre alors que l'orgasme m'engloutit et que vague après vague d'extase déferlent sur moi.

« Ma douce tigresse. »

Je ne sais pas combien de temps s'écoule. Je flotte quelque part entre le nirvana et le paradis.

Sam sort lentement de moi en murmurant à mon oreille avant de repousser les cheveux devant mon visage. Il commence à m'attirer dans ses bras avec douceur, mais je bondis et le plaque à nouveau sur le lit.

Avant même de savoir ce que je fais, mes dents s'enfoncent dans son épaule.

Sam cesse de respirer, puis il éclate de rire.

Lorsque je sens le goût de son sang, je recule, horrifiée. « Oh mon Dieu. Qu'est-ce que je viens de faire ? » Je pose une main sur ma bouche.

Il l'écarte et essuie le sang au coin de mes lèvres. « Je crois que tu viens de me marquer, glousse-t-il. Je parie que tu es une tigresse alpha. » La fierté brille dans ses yeux. « Tu as marqué ton mâle pour éloigner les autres femelles. »

Je suis prise d'un rire incontrôlable. « Vraiment ? » Maintenant qu'il le dit, je reconnais l'instinct possessif que je ressens à son égard. La Layne qui baissait la tête et se laissait faire a disparu. Je me battrais contre n'importe qui, mâle ou femelle, qui menacerait Sam.

Je me penche et lèche la blessure comme Sam avait nettoyé la mienne.

« Je suis à toi maintenant. Tout comme tu es à moi. » Ses yeux sont redevenus bleus. Le bleu de l'océan. Du ciel pendant notre sortie en montgolfière.

« Et maintenant, qu'est-ce qu'on fait ? » Les possibilités me coupent légèrement le souffle. Pour la première fois de ma vie, je ne ressens pas constamment le besoin sous-jacent de faire plus. De travailler plus dur. D'accomplir davantage.

Je peux me laisser vivre.

Simplement être avec Sam.

Être moi-même.

CHAPITRE QUINZE

 ayne

« Alors, c'est vrai ? Vous partez ? » demande Parker. Nous sommes entassés dans le salon de Nash, mais le lion ne se montre pas.

Sam a un bras autour de mes épaules. « Je pense que c'est mieux si Layne et moi, on fait profil bas pendant un temps.

— Ton profil était déjà pas génial, lance Declan en souriant avant de lever sa bouteille d'alcool artisanal.

— Exactement. » Sam secoue la tête. « Je crois que Layne n'a pas apprécié que vous vous soyez bourré la gueule et que vous soyez venus chanter devant notre fenêtre à trois heures du mat' hier soir.

— C'était une sérénade irlandaise célèbre, proteste Declan.

— Ouais, ben vous avez de la chance que ma tigresse n'avait pas faim, dis-je.

— Bien sûr que j'ai de la chance. C'était pas mon idée, c'était celle de Laurie. »

Le hibou métamorphe lève les mains quand je fais mine de le regarder durement.

« C'est vrai, il a jamais pu résister à une belle histoire d'amour. Et Nash non plus, même s'il le montre pas. » Declan passe la tête dans le couloir et crie : « Mais au fond, c'est juste un gros cœur d'artichaud, pas vrai ? »

Un rugissement fait frémir la porte de la chambre.

« Ça lui passera, affirme Declan en nous faisant un clin d'œil.

— Ou alors, il en aura marre et il finira par te bouffer, dit Sam.

— L'un ou l'autre. » Parker hausse les épaules.

« On est là, si vous avez besoin de nous », dit Laurie. Son bégaiement s'est amélioré depuis le combat.

— Tu nous manqueras, chaton. » Declan s'approche de moi en ouvrant les bras. « Je peux lui faire un câlin ? demande-t-il à Sam.

— Non », répond-il en même temps que moi, mais je serre tout de même l'Irlandais dans mes bras, puis Laurie, pendant que Sam et Parker se tapent dans le dos.

Ils sortent tous nous accompagner jusqu'au fourgon.

Une fois assis dans le véhicule, je demande : « Alors, où est-ce qu'on va, maintenant ?

— Je pourrais te ramener chez toi, dit Sam. Smyth et ses hommes sont morts.

— Santiago est toujours en liberté.

— Pas pour longtemps, promet-il. Mais d'ici là... je sais où on peut rester.

— Je te fais confiance, dis-je en m'asseyant dans le fond du siège. Allons-y. »

Sam colle son téléphone contre son oreille.

« Sam, c'est toi ? » La voix d'une jeune femme résonne dans l'habitacle.

« Ouais, c'est moi. » Il sourit et se tourne vers moi pour articuler *Kylie*. J'acquiesce.

« Oh, Dieu merci. Par contre, tu as intérêt à avoir une bonne raison pour m'appeler depuis une ligne non sécurisée.

— Mon équipement a brûlé.

— Ouais, tout le bâtiment est parti en fumée. Je sais pas qui était ton collègue, mais il s'y connaît en explosifs. Jackson et Garrett sont arrivés juste à temps pour voir les pompiers essayer de maîtriser l'incendie. Sam. » Elle baisse la voix et ajoute en un murmure admiratif : « Je crois qu'il a utilisé du napalm.

— Nash est dingue, confirme Sam. Mais ce n'est pas pour ça que j'appelle. Kylie, je rentre à la maison.

— C'est vrai ?

— Ouais, pour de bon. » Il soupire. Je lui serre la main, et il tend le bras pour replacer une mèche de cheveux derrière mon oreille. « Et j'aimerais vous présenter quelqu'un... »

ÉPILOGUE

*L*e curseur de l'ordinateur clignote fixement. Je suis engagée dans un nouveau combat de regards. Lorsque les données finissent de se charger dans le tableau, je m'adosse au siège en souriant.

Des mains couvrent mes yeux.

« Devine qui c'est ? »

Je souris. « Je peux te sentir.

— Ah ouais ? » Les lèvres de Sam trouvent mon oreille. « Tu veux me goûter ? »

Sans ouvrir les yeux, je tourne la tête et l'embrasse.

« Eh bien, docteur Zhao, murmure-t-il contre ma bouche. Vous êtes très douée.

— Je suis une élève rapide, dis-je d'un ton ronronnant.

— Rapide ? Et pourquoi pas lentement ? » Un autre baiser, et il appuie son front contre le mien, savourant simplement ce moment ensemble. Nos respirations synchronisées, mon regard plongé dans le sien.

« Tu vas travailler toute la nuit ?

— C'est la nuit ? » Je lève la tête et cligne des yeux. Le soleil de la fin d'après-midi illumine toujours mon petit labo.

« Si je peux te tenter et te faire finir plus tôt...

— Tu peux toujours me tenter.

— Dans ce cas... » Il se penche et me donne un autre baiser, mais un petit babillement nous pousse à nous séparer.

« Bébé dans le labo, annonce Sam en me faisant un sourire chagriné.

— Coucou Jay, dis-je avec tendresse en prenant le bébé dans mes bras. Qui est mon fauve préféré ?

— C'est une petite louve, me contredit Sam.

— On ne saura pas avant qu'elle devienne adolescente. » Je porte l'adorable petite fille hors de mon laboratoire en lui murmurant : « Panthère métamorphe, panthère métamorphe. »

Mon labo est un ancien *pool house*. Kylie et Jackson ont un peu craqué et ils m'ont acheté de l'équipement dernier cri, ce qui en fait le lieu idéal pour continuer mes recherches. La porte s'ouvre sur une superbe piscine, et les fréquentes interruptions causées par un bébé ne sont qu'un avantage supplémentaire.

« Jaylin, tu es là ! » s'exclame Kylie en arrivant en courant. Le bébé gazouille et lève les bras vers sa mère. « Je ne l'ai quittée des yeux qu'une seconde.

— Elle devient rapide, dis-je en éclatant de rire.

— J'espère qu'elle n'a pas interrompu ton travail.

— Non, j'étais sur le point de terminer. » Je souris à Sam, qui se rapproche de moi et me prend la main.

« Vous avez faim ? Jackson a allumé le grill.

— Ce n'est pas toi qui le fais, d'habitude ? je demande à Sam alors qu'on contourne la piscine.

— Je l'ai laissé s'en occuper pour t'attirer dans mes filets. » Sam m'embrasse sur la joue.

« Vraiment ? Tu comptes m'attirer dans tes filets ?

— Ça finira par arriver.

— Joli tablier, Jackson », dis-je en arrivant sur la terrasse où le grand loup métamorphe est en train de s'occuper du grill, un tablier *Embrassez le chef* autour du cou. Il grogne et retourne un steak.

« Les hommes qui cuisinent sont sexy », déclare Kylie.

On s'installe autour de la table pendant que Jackson fait cuire assez de viande pour nourrir une armée... ou quatre métamorphes et un bébé. J'ai dû m'habituer à mon appétit de fauve. Je ne peux plus sauter un repas ou ne manger qu'une barre de céréales.

Heureusement que Sam est là pour m'aider à m'intégrer dans la communauté métamorphe. Il s'avère que Smyth avait réussi son dosage. Je *suis* une alpha, comme Sam l'avait deviné. Presque aussi puissante que Jackson. Ça aurait pu rendre la cohabitation sur son territoire compliquée mais, heureusement, les félins ne voient pas la domination de la même manière que les loups. Tant que Sam est en sécurité, ma tigresse est heureuse.

Et c'est une bonne chose, parce qu'elle pourrait probablement remporter un combat en duel contre Jackson, mais Kylie ne se battrait pas à la loyale.

« J'ai une annonce à faire, dis-je quand les plats sont sur la table. Les résultats sont concluants. Je n'ai plus la maladie de Barrington. »

Mes mots sont accueillis par des cris joyeux. Kylie me serre dans ses bras, puis Sam.

« Un toast, dit Jackson en levant sa bière.

— À Layne, propose Kylie.

— À la vie, dis-je. Et à tous les gens qui font qu'elle vaut la peine d'être vécue. »

~.~

Sam

APRÈS AVOIR AVALÉ PRESQUE deux kilos de viande, je rentre dans la maison pour chercher de la bière... et un peu de calme. Pendant qu'on mangeait, mon téléphone a vibré dans ma poche, et j'ai un appel en absence. Un numéro inconnu, mais je sais qui c'est.

J'envoie un sms : *Tu as reçu mon message ?*

La réponse arrive immédiatement. *Ouais. Merci à ta source.* Je jette un œil en direction de la table où ma *source*, Kylie, est en train d'encourager sa fille à faire quelques pas hésitants vers Layne. Ça a pris quelques mois, mais Kylie a fini par dénicher quelques pistes sur une certaine lionne. Denali Decker n'a pas laissé beaucoup de traces, mais rien n'arrête Kylie.

Dis-moi quand tu es prêt à continuer.

Pas une seconde ne s'écoule avant que mon téléphone vibre en recevant un nouveau message de Nash.

Prêt. Allons trouver ma compagne.

Fin

MERCI D'AVOIR LU *L'Obsession de l'Alpha* ! Si vous avez apprécié ce livre, nous vous serions reconnaissantes de nous laisser vos commentaires ; ils sont très importants pour les auteurs indépendants. Découvrez bientôt le prochain livre de la série *Alpha Bad Boys* : *Le Désir de l'Alpha* !

LE DÉSIR DE L'ALPHA :
CHAPITRE UN

Et encore plus prochainement : *Le Désir de l'Alpha*
Jared

Trois mois que je fantasme sur cette humaine. Je sais, pauvre moi, pas vrai ? Essayez de dire ça à ma bite quand cette fille est sur le podium, dans son short minuscule, en train de faire une danse suggestive pour tous les clients de la boîte de nuit de mon alpha.

Angelina. Cette pile électrique rousse qui, à elle seule, a fait de l'Éclipse *le* club branché de Tucson le samedi soir.

Et un connard vient de poser la main sur sa cuisse.

Je me fraie un chemin à travers la foule dans la salle, prêt à fracasser des crânes. Heureusement pour moi – et dommage pour le trouduc peloteur – c'est mon boulot.

Des vagues de chaleur émanent des danseurs. La musique est assourdissante. Les clubbeurs s'écartent pour faire de la place à ma silhouette massive. Presque cent kilos de muscles couverts de tatouages. Peu de gens la ramènent devant moi, ou face à n'importe quel videur de l'Éclipse.

On n'a même pas besoin de se servir de notre force métamorphe pour avoir le dessus.

Garrett n'apprécie pas que ses videurs se montrent trop agressifs, mais je suis incapable de me réfréner lorsque je vois qu'Angelina est agacée par l'insistance des mains baladeuses du client.

Je m'interpose entre le podium sur lequel danse Angelina et l'homme avant de croiser les bras sur mon torse, principalement pour me retenir de refermer mon poing autour de son fragile cou humain.

« Oh là, oh là ! » Il lève les bras d'un air offensé, comme si ma réaction était excessive.

« Pas touche aux danseuses. Si tu recommences, je te vire.

— Ça va, c'est bon. Pfou, je lui disais juste bonjour. »

Sur un ton de défi, je lance : « T'as un problème ? » Bien sûr, je meurs d'envie qu'il réponde par l'affirmative. Effacer son attitude hautaine serait presque aussi satisfaisant que recevoir le regard reconnaissant d'Angelina.

Viens avec moi dans la réserve après la fermeture, et je te laisserai me remercier comme il faut.

Tu parles, j'aimerais bien. Ce n'est pas comme si elle ne m'avait pas fait comprendre que je lui plais. Ce n'est pas non plus comme si je n'avais pas baisé au moins une centaine d'humaines dans cette réserve depuis l'ouverture de l'Éclipse.

Mais celle-là me plaît un peu trop.

De plus, les relations avec les humaines sont interdites. Du moins, elles l'étaient jusqu'à ce que Garrett décide d'en prendre une pour compagne.

Et de toute manière, elle est beaucoup trop bien pour moi.

Son visage lisse est ravissant et passionné. Elle étudie la danse à la fac. Elle ne pourrait pas être plus élégante et innocente.

Quant à moi, j'aime les motos et les tatouages.

Et je suis un métamorphe.

Clairement pas le mec pour elle. Et si je baisais juste son petit corps sexy ? Je gâcherais le sexe pour elle avec tous ses futurs partenaires.

Ce n'est pas pour me vanter, mais je fais attention à ce qui plaît à une fille. Je suis dominant et brutal, aucun doute, mais je ne force personne et je ne leur fais jamais de mal. Je les amadoue jusqu'à ce qu'elles s'abandonnent, puis je leur montre comment baise un loup.

Trey appelle ça la *Jaredisation*. Une fois qu'une fille y a goûté, elle revient toujours pour en avoir plus. Et quand je dois mettre un terme à notre relation, elle est blessée. Angelina ne mérite pas ça.

Le goujat recule, une attitude plus intelligente que sa réaction initiale. « Non, pas du tout. Eh beh. » Il secoue la tête et s'éloigne, disparaît parmi les clients dans la salle.

Je lève la tête vers Angelina. « Ça va, ma belle ? »

Putain, elle fait courir ses doigts sur mon crâne rasé, son large sourire révèle une profonde fossette sur sa joue. « Merci, crie-t-elle pour se faire entendre par-dessus la musique. Tu assures. »

Le dernier tube de Lady Gaga commence à passer. Angelina se met à sautiller, visiblement ravie par le choix du DJ. « Wouhou ! »

Je reste là à la regarder en souriant comme un idiot. Cette fille m'attire comme un aimant.

Je vois ses yeux pétiller juste avant qu'elle s'approche de moi. Elle soulève une jambe, la pose sur mon épaule et secoue son poing en l'air.

Bordel de merde. Mes mains remontent dans son dos pour la maintenir tandis qu'elle bouge son bassin et danse sur mon épaule.

Du moins, je crois qu'elle danse. Mon cerveau me dit que

c'est ce qu'est cette activité, mais ma bite est certaine qu'elle a envie de se faire baiser. Surtout si l'on considère que sa chatte est à quelques *centimètres* de mon visage.

J'enfonce mes dents dans l'intérieur de sa cuisse.

Elle pousse un cri et agrippe mon crâne à deux mains, ce qui fait juste penser à mon sexe qu'elle en veut plus.

Ouais, ça ne va pas marcher. Si je ne la repose pas sur le podium tout de suite, ma bouche va vouloir se faire plaisir malgré le petit morceau de tissu qui se tient entre sa douce chatte et moi.

Je me penche, la laisse glisser à regret de mon épaule et remonter sur son perchoir. Je ne peux m'empêcher de donner une tape à son cul irrésistible avant de tourner les talons et de m'éloigner.

Je ne me retourne pas – je ne *peux pas* – mais je suis satisfait de savoir que j'ai laissé une marque nette sur la peau nue qu'elle secoue pour tout le monde ce soir.

Sérieusement, je vais peut-être devoir lui demander de venir avec le cul couvert la semaine prochaine.

Non. Je ne peux pas.

A) Les minishorts qui ne couvrent que la moitié des fesses des filles sont à la mode. Toutes les étudiantes en portent. Et

B) Les go-go danseuses et leurs culs exquis font partie des raisons pour lesquelles le club est plein tous les samedis soir. Et ce n'est pas comme si j'avais mon mot à dire sur leurs tenues ou sur leurs chorégraphies.

C'est le spectacle d'Angelina. Son projet, sa proposition, son exécution. Elle a amené une troupe de danseuses et elles ont mis le feu dans le club.

Si seulement chacune de ses performances ne me laissait pas avec les couilles douloureuses...

~.~

Angelina

Oh, grand Dieu.

Jared, le videur musclé et tatoué avec une attitude sombre et séductrice, m'a rendue toute chose. Mes fesses brûlent là où il les a frappées, et je n'ai pas besoin de regarder pour savoir qu'il a laissé une grosse trace écarlate visible de tous.

Je maudis mon teint pâle de rousse lorsque je sens le rouge me monter aux joues, car je me doute que tout le monde peut le voir.

Je le regarde s'éloigner dans la foule, déçue qu'il ne se retourne pas une seule fois. Cet homme est beau. Un parfait spécimen de virilité brute. Il a des manières bourrues et des tatouages, mais il a assez de charme pour rendre sexy sa présence intimidante.

Ouah, et cette petite démonstration de force avec le type qui me collait ?

Ça m'a allumée direct.

Je tourne la tête pour attirer l'attention des deux autres danseuses qui m'accompagnent ce soir et on se lance toutes les trois dans une chorégraphie, passant du freestyle à des mouvements synchronisés.

Talya et Remy sont un peu ivres, mais on connaît toutes si bien la choré qu'on pourrait l'exécuter en dormant. Et puis, avec tout l'entraînement qu'ont reçu nos corps de danseuses semi-professionnelles, pouvons donner l'impression que n'importe quel mouvement est délibéré.

Le morceau se termine, et nous avons fini pour la soirée. On nous accorde la dernière heures pour nous amuser, avec open bar. C'est l'arrangement que j'ai conclu avec le proprié-taire, un autre homme baraqué et impressionnant appelé

Garrett Green : cinquante dollars à partager entre nous et nos consommations gratuites en échange d'un spectacle de danse chaque samedi soir. La plupart des filles de ma troupe de danse improvisée seraient prêtes à le faire juste pour la publicité gratuite et pour être le centre de l'attention sur scène.

Moi ? Je ne sais pas pourquoi je le fais. Pas pour les boissons gratuites ; je ne supporte pas l'alcool. Juste pour la simple joie de la création, j'imagine. C'est amusant d'ajouter de la musique à son quotidien.

Oui, je suis le genre de personne qui adore les comédies musicales dans lesquelles les acteurs se mettent soudain tous à chanter. Je suis la fille qui pousse son chariot dans le supermarché tout en imaginant une chorégraphie dans ma tête pour les clients que je croise.

Ne vous inquiétez pas, je ne danse pas pour de vrai. Mais ça ne me dérangerait pas de le faire si j'arrivais à convaincre d'autres danseuses de m'accompagner.

Je me fraie un chemin entre les clients du club en faisant comme si je n'étais pas à la recherche d'un certain malabar sexy prénommé Jared. Là. Près de la porte de la terrasse arrière. Je me dirige vers le bar, parce que je n'ai pas envie que ma manœuvre soit évidente. Je ne crois pas qu'il soit vraiment intéressé. Je lui fais des appels de phare depuis des semaines et, bien qu'il me lance des œillades de braise, il ne m'a jamais demandé mon numéro ni proposé qu'on se voie en dehors du club.

Quelle déception.

Je m'installe au bar et commande de l'eau pétillante avec une rondelle de citron. C'est mon petit subterfuge pour faire croire que je bois un gin tonic ou une vodka limonade, alors qu'en réalité je suis juste en train de m'hydrater. Mes amies commandent leurs verres et se mêlent aux clients pendant que j'essaie de la jouer cool. Un type m'aborde, mais je ne suis pas intéressée ; je lui souris poliment et m'éloigne vers les toilettes.

Lorsque j'en sors, Jared se tient dans le couloir devant la porte.

« Viens là, petite fille », dit-il en pliant son index pour me faire signe d'approcher. Je le suis, passe la porte réservée au personnel et entre avec lui dans la réserve remplie de bouteilles d'alcool.

Merde, si une fraternité étudiante voulait cambrioler un endroit, ce serait le jackpot.

Mon cœur bat la chamade et mon visage chauffe, même si je ne sais même pas ce qu'il veut.

Je veux dire, je sais ce que *j'espère* qu'il veut.

Et je ne devrais pas espérer.

Aux dires de tous, Jared est un séducteur. Il couche avec les filles et ne les rappelle jamais. C'est ce que tout le monde raconte, y compris son meilleur ami, Trey, l'autre videur. On m'a mis en garde contre ce type, mais je ne peux empêcher des frissons de parcourir mon corps.

Jared me prend la main. Avant que j'aie le temps de comprendre ce qu'il fait, il me retourne face au mur et pose ma main dessus. Il prend ensuite mon autre poignet, les rassemble et plaque les deux contre le mur d'une main puissante.

Ma gorge se noue lorsque son autre main s'écrase sur mon cul. Comme tout à l'heure, elle entre en contact avec le dessous de mes fesses, la partie exposée par mon minishort.

Je pousse un petit cri mais ne proteste pas. Je suis beaucoup trop excitée pour avoir envie qu'il arrête.

Il me donne une tape sur l'autre fesse, tout aussi fort que la première. « Ça, c'est parce que tu portes des shorts qui donnent envie à tous les mecs dans le club de baiser ce cul alléchant. »

Je suis presque sûre que je cesse de respirer. On ne m'a jamais parlé aussi crûment, mais je ne me plains pas, bien au contraire. Émoustillée à l'idée de ce que Jared compte me proposer d'autre, je sens mon entrejambe se contracter et s'humidifier.

Il me retourne pour rencontrer mon regard et colle mon dos contre le mur, me coupant le souffle. Sa main se pose sur le bouton entre mes jambes et il étale ses doigts sur mon sexe.

« Et la prochaine fois que tu approches autant cette chatte de ma bouche... » Il fait onduler sa main, la presse contre mon clitoris avant de plonger ses doigts plus bas, jusqu'à mon anus. Je pousse un petit cri et me mets sur la pointe des pieds. « ... tu sauras exactement ce que j'ai envie de lui faire. »

Un frisson aux proportions épiques me traverse. Plutôt un tremblement incontrôlable, mais on pourrait penser que c'est quelque chose de désagréable. Or, ce que je ressens est tout sauf désagréable. Mon bas-ventre se liquéfie, de l'électricité inonde le creux de mes reins et descend jusqu'à la plante de mes pieds.

Je comprends à présent pourquoi on parle de *coup de foudre*.

Il fait glisser fermement ses doigts sur ma fente, qui a complètement détrempé ma culotte. « C'est compris, ma belle ? »

Je déglutis. « Ouais. » Ma chatte se contracte.

Ses doigts passent sous mon short, dans ma culotte, et je gémis.

« Bébé, si tu reviens à l'Éclipse avec ce short, je te ramènerai ici et je fesserai ce cul sexy jusqu'à ce qu'il soit rouge vif, comme ça tous les mecs qui te regarderont danser sauront que tu appartiens à quelqu'un. »

Il rejette sa tête en arrière et la secoue comme s'il était

surpris par ce qu'il vient de dire, mais ses doigts glissent, glissent, glissent sur mon sexe mouillé. Je gémis doucement, mes yeux baissés au niveau de son torse.

« Regarde-moi, chérie », ordonne-t-il, et j'obéis sans réfléchir. Les danseuses sont par nature des créatures obéissantes. Nous avons passé notre vie à conditionner notre corps et notre esprit pour exécuter absolument tout ce qu'un chorégraphe ou professeur nous demande. Celles qui n'y parviennent pas sont rapidement évincées. Il y a toujours dix danseuses qui attendent de prendre la place de celles qui ne sont pas prêtes à se donner à cinq cents pour cent.

Il soutient mon regard alors qu'il fait entrer un doigt en moi.

Je pousse un gémissement. Pas de douleur, mais de besoin. Je ne suis pas vierge ; cependant, je n'ai jamais été aussi excitée de ma vie. Mes tétons pointent sous mon haut, ma chatte est trempée.

Je gigote, mais il tient fermement mes poignets. Je me déhanche pour prendre son doigt plus profondément.

Il approche la tête et appuie sa tempe contre la mienne. « Ça va, mon ange ? »

C'est un peu tard pour s'assurer de mon consentement, mais j'apprécie tout de même. « Ouais, dis-je d'une voix essoufflée.

— Tant mieux. » Il ajoute un deuxième doigt.

Je me cambre et me dresse sur la pointe des pieds.

« Tu es en train de danser pour moi, ma belle ?

— Oh mon Dieu. »

Je laisse échapper un nouveau gémissement quand il enfonce profondément ses deux doigts en moi et cesse de bouger. S'arrête net.

« Qu-qu'est-ce que tu fais ? »

Son sourire est absolument dévastateur. « Je veux juste être sûr que tu en as vraiment envie. »

J'avance mon bassin. « J'ai dit que oui. »

Il commence de lents va-et-vient. Trop lents. « Dis-le gentiment. Dis-moi pour qui tu danses.

— Toi. Je danse pour toi ! » J'ai désespérément besoin de jouir.

« Tu veux plus de doigts, mon ange ?

— Jared. » Je halète.

Il ferme à demi les yeux. « C'est bien, chérie. Dis mon nom comme si tu me suppliais. »

Je commence à me sentir légèrement agacée. Est-ce qu'il est en train de se moquer de moi ?

Il doit sentir ma résistance, parce qu'il ajoute : « Nan, laisse tomber. C'est moi qui devrais te supplier. J'ai vraiment hâte de te rendre folle, ma belle. » Il fait entrer et sortir ses doigts jusqu'à ce que mes jambes tremblent tellement qu'elles ne me portent plus. « Jouis pour moi, Angelina. Montre-moi ce dont tu es capable. »

Je n'ai pas la moindre idée de ce qu'il entend par là, mais, à nouveau, mon corps obéit. Je cède sous sa torture experte. L'instant où mes muscles commencent à se contracter autour de ses doigts, il les plonge profondément entre mes cuisses et attend, laisse les vagues de mon orgasme déferler sur moi.

« Ah, putain, bébé. » Il appuie son front contre le mien et retire ses doigts. « C'était encore mieux que je l'imaginais. »

Je ne sais pas ce qu'il veut dire par là non plus, vu que je suis la seule à avoir joui, mais ses mots m'étourdissent et font sortir mes muscles de la relaxation dans laquelle ils étaient plongés.

La poignée de la porte remue. Jared s'écarte brusquement et remet mon short en place juste avant que la porte de la réserve ne s'ouvre.

Un barman entre, s'arrête en nous voyant et nous lance un regard curieux.

Jared se place devant moi comme s'il voulait me cacher. Même si c'est un peu tard, je lui en suis reconnaissante.

« Je ferais mieux d'aller rejoindre mes amies », dis-je en marmonnant. Ce n'est pas que je veuille m'éloigner de Jared... enfin, si, c'est ça.

La gêne a pris le dessus quand j'ai pris conscience qu'il a probablement couché avec des dizaines de filles ici. C'est pour ça que le barman ne semble pas si étonné.

Je pousse Jared pour sortir. « Attends, mon ange. *Attends*. » Il me retient par la taille.

Je me fige, mais ne tourne pas la tête vers lui.

« Je suis désolé, murmure-t-il à voix basse pour que je sois la seule à entendre. Je ne voulais certainement pas te donner l'impression que je me servais de toi. »

Je ne sais pas si c'est ce que je ressens, mais maintenant qu'il a mis des mots dessus, la nausée se propage dans mon ventre.

« Je dois vraiment y aller. »

Jared me lâche. Je sens sa réticence, mais je refuse de rencontrer son regard. Je veux juste partir loin d'ici.

Je suis la seule parmi mes amies à ne pas avoir bu ce soir, et c'est moi qui prends les mauvaises décisions.

« Attends une minute. Tu peux m'accorder un instant ? »

Je m'éloigne pour être hors de sa portée et grommelle en évitant son regard : « Tout va bien. On pourra discuter plus tard. » Je m'enfuis hors de la réserve avant qu'il puisse ajouter autre chose. Je le sens derrière moi, mais je vais droit vers le bar pour rejoindre mes amies et me tirer d'ici sans un regard en arrière.

Mais qu'est-ce qui m'a pris ? Apparemment, il suffit

qu'un mec me donne une fessée pour que je le laisse me faire tout ce qu'il veut.

Putain. Je dois demander à mes amies de ne plus me laisser seule avec Jared. Jamais. Surtout pas quand j'ovule.

Zone dangereuse.

Je retrouve Talya et Remy au moment où les néons se rallument au-dessus de nos têtes pour indiquer la fermeture du club. Les fêtards poussent un grognement collectif et se dispersent, comme des cafards surpris par le soleil.

« Allez, dis-je à mes amies d'un ton pressant. Partons. J'en ai assez. »

~.~

Jared

J'ai déconné. À fond.

Je *savais* que je n'étais pas censé toucher à Angelina. Elle est ma kryptonite sous forme humaine. Je perds tout self-control en sa présence.

Et maintenant, je lui ai manqué de respect, de la pire manière imaginable.

Ça en valait presque la peine. Presque.

Putain, je vais me branler sur le souvenir de son visage pendant qu'elle jouit toutes les nuits pendant une semaine. C'était même mieux que ce à quoi je m'attendais.

Je me tourne vers les clients restants, ceux qui ont besoin d'encouragements pour s'en aller. Des hommes et des femmes en train d'essayer de concrétiser avec leur conquête de la soirée avant de partir.

« C'est l'heure, dis-je d'une voix sonore. Tout le monde dehors. »

Quelques filles s'attardent en arrière en me lançant des regards d'invitation.

Je ne suis pas tenté. Pas vraiment. Mais d'un côté, je pense que je devrais peut-être en baiser une, juste pour me sortir cette beauté rousse de la tête. Et de mes fantasmes. Merde, elle en est l'actrice principale depuis le jour où, au début du semestre, elle s'est présentée avec sa troupe pour proposer son idée audacieuse de devenir les go-go danseuses du club.

Je me suis même retrouvé je ne sais comment à me porter volontaire pour construire les podiums sur lesquels dansent les filles.

Une blonde perchée sur des talons de quinze centimètres, plus jolie sous la lumière tamisée qu'elle le serait en plein jour, s'approche de moi en balançant les hanches.

Lorsque je fronce les sourcils et secoue sèchement la tête, elle dévie et prend la direction de la sortie.

Je secoue la tête, surtout contrarié contre moi-même, et fais sortir le reste des clients. Je passe ensuite la serpillère après avoir ramassé les gobelets, les pailles et les serviettes en papier par terre. J'essaie de penser à autre chose, à n'importe quoi plutôt qu'aux courbes douces du cul d'Angelina alors qu'elle dansait sur son podium. Ou à son petit sourire pendant que je la pénétrais. À la manière dont sa bouche s'est ouverte et ses yeux se sont révulsés quand elle a joui.

Je continue de me repasser la scène bien après avoir verrouillé les portes.

« Qu'est-ce qui t'arrive, mon pote ? me demande Trey alors que nous marchons jusqu'à nos motos garées sur le parking.

— Rien. » J'ai l'air plus renfrogné que je n'en avais l'intention.

« Il s'est passé quelque chose avec la danseuse ?

— Ferme-la, connard. » Trey est mon meilleur ami, mais parfois, il ne sait pas quand il ne faut pas m'emmerder.

« Hm-mm. C'est bien ce que je pensais. Damian a dit que tu te la tapais dans la réserve. »

J'attrape le col de son T-shirt et approche mon visage du sien d'un air menaçant. « Je la baisais *pas*.

— D'accord, dit-il rapidement en levant les mains. Si tu le dis, mon pote. »

Conscient que je viens d'aggraver mon cas, je le lâche et monte sur ma moto. Je démarre en faisant rugir le moteur plus fort que nécessaire.

Je sors du parking en trombe. Il est presque trois heures du matin et il n'y a personne sur la route. Du moins, c'est ce que je me dirai plus tard. En vérité, mon esprit était encore dans cette putain de réserve, en train de se demander comment ce moment avec Angelina avait tourné au vinaigre.

C'est pour ça que je suis sorti de la ruelle sans regarder.

Je n'ai pas vu la voiture arriver. Pas avant de voler par-dessus au milieu d'une grande explosion de verre brisé, comme si des milliers de confettis étaient soudain libérés d'un ballon.

Le Désir de l'Alpha – **Bientôt disponible !**

Abonnez-vous à la newsletter de Renee

Abonnez-vous à la newsletter de Renee pour recevoir livre gratuit, des scènes bonus gratuites et pour être averti·e de ses nouvelles parutions !

https://BookHip.com/QQAPBW

PROCHAINEMENT : LA GUERRE DE L'ALPHA

Nash

J'ai survécu à des attentats-suicide en zones de guerre. Aux labos des prisons de métamorphes. Aux pires tortures imaginables.

J'ai tout supporté. Rien ne m'a brisé jusqu'à ce qu'ils mettent une belle lionne dans ma cage. On a partagé une nuit ensemble avant que nos geôliers nous séparent de force.

Mais je suis désormais libre, et mon lion est en train de devenir fou. Il va me détruire de l'intérieur si je ne retrouve pas ma compagne.

Je ne sais pas qui elle est. Je ne sais pas où elle habite. Mais je mourrai si je ne la retrouve pas. Je dois la revendiquer.

Je viens te chercher, Denali.

Denali

Ils m'ont enlevée, ils ont écrasé ma fierté, ils m'ont enfermée dans une cage et m'ont forcée à m'accoupler. Ils m'ont tout pris, pourtant j'ai survécu.

Mais une nuit avec un lion métamorphe m'a détruite.

Nash m'a pris la seule chose que mes ravisseurs ne pouvaient pas toucher... Il a volé mon cœur.

Depuis que j'ai réussi à m'échapper, je vis dans la peur que Nash et les autres me retrouvent. C'est en train de tuer ma lionne, mais je dois me cacher. Je dois protéger ce qui m'est le plus cher : notre bébé.

OUVRAGES DE RENEE ROSE PARUS EN FRANÇAIS

www.reneeroseromance.com/francaise/

Alpha Bad Boys

La Tentation de l'Alpha

Le Danger de l'Alpha

Le Trophée de l'Alpha

Le Défi de l'Alpha

L'Obsession de l'Alpha

L'Amour dans l'ascenseur (Histoire bonus de La Tentation de l'Alpha)

Le Ranch des Loups

Brut

Fauve

Féral

Sauvage

Féroce

Impitoyable

Indomptée (libre)

Les Nuits de Vegas
Roi de carreau
Atout cœur

À PROPOS DE RENEE ROSE

RENEE ROSE, AUTEURE DE BEST-SELLERS D'APRÈS USA TODAY, adore les héros alpha dominants qui ne mâchent pas leurs mots ! Elle a vendu plus d'un million d'exemplaires de romans d'amour torrides, plus ou moins coquins (surtout plus). Ses livres ont figuré dans les catégories « Happily Ever After » et « Popsugar » de USA Today. Nommée *Meilleur nouvel auteur érotique* par Eroticon USA en 2013, elle a aussi remporté le prix d'*Auteur favori de science-fiction et d'anthologie* de Spunky and Sassy, celui de *Meilleur roman historique* de The Romance Reviews, et les prix de *Meilleur roman de science-fiction*, *Meilleur roman paranormal*, *Meilleur roman historique*, *Meilleur roman érotique*, *Meilleur roman avec jeux de régression*, *Couple favori* et *Auteur favori* de Spanking Romance Reviews. Elle a fait partie de la liste des meilleures ventes de USA Today cinq fois avec plusieurs anthologies.

Abonnez-vous à la newsletter de Renee pour recevoir des scènes bonus gratuites et pour être averti·e de ses nouvelles parutions!

https://www.subscribepage.com/reneerosefr

À PROPOS DE LEE SAVINO

Lee Savino, auteure figurant sur la liste des bestsellers de USA Today, écrit des romans d'amour « brixy », c'est-à-dire « brillants et sexy ». Vous pouvez la trouver en train de rôder sur sa page d'auteure là : https://www.facebook.com/Lee-Savino-Auteur-110048237376905/